푸른 들판을 걷다

WALK THE BLUE FIELDS

푸른 들판을 걷다

Walk the Blue Fields

클레어 키건 소설

허진 옮김

다산
책방

짐과 클레어를 위하여

차
례

작별 선물

햇살이 화장대 발치에 닿을 때 당신은 자리에서 일어나 여행 가방을 다시 들여다본다. 뉴욕은 날씨가 덥지만 겨울이 되면 추워질지도 모른다. 오전 내내 밴텀 닭들이 울었다. 그 소리가 그립지는 않을 것이다. 당신은 옷을 입고, 씻고, 구두를 닦아야 한다. 바깥은 들판에 이슬이 내려서 종이처럼 하얗고 텅 비어 있다. 곧 태양이 이슬을 태워버릴 것이다. 건초를 말리기 좋은 날이다.

당신 어머니는 자기 방에서 물건을 이리저리 옮기고 문을 열었다 닫았다 한다. 당신이 떠나면 어머니는 어떨까. 상관없다는 마음도 든다. 어머니가 문밖에서 말한다.

"삶은 달걀 먹을래?"

"괜찮아요, 엄마."

"뭐 좀 안 먹을래?"

"나중에 먹든지 할게요."

"너 먹을 것도 하나 올려둘게."

아래층에서 주전자에 물을 받는 소리와 빗장 열리는 소리가 들린다. 개들이 뛰어 들어오고 덧문이 닫힌다. 당신은 늘 여름의 이 집이 더 좋았다. 서늘한 부엌, 열린 뒷문, 비 온 뒤의 짙은 색 꽃무의 향기.

당신은 욕실로 가서 이를 닦는다. 거울의 나사가 녹슬었고 유리가 흐릿하다. 당신은 거울에 비친 자신을 보면서 졸업 시험을 망쳤다고 생각한다. 마지막 시험은 역사였는데, 당신은 날짜를 채우지 못했다. 전쟁 방식과 왕이 헷갈렸다. 영어는 더 심했다. 당신은 무용수와 춤이 나오는 구절을 설명하느라 애를 먹었다.

이제 방으로 돌아가서 여권을 꺼낸다. 사진 속의 당신은 이상하다. 어쩔 줄 모르는 표정이다. 비행기표를 보니 12시 25분에 케네디 공항에 도착한다. 떠나는 시각과 거의 같다. 당신은 방을 마지막으로 둘러본다. 벽에는 장미가 그려진 노란 벽지가 발려 있고 높은 천장은 슬레이트가 떨어져서 얼룩덜룩하며 침대 밑에서 전기 히터 전선이 삐져나와 꼬리처럼 흔들린다. 원래는 계단 위의 빈 공간이었지만 유진이 다 바꾸었다. 목수들을 불러서 칸막이를 세우고 문을 달았다. 유진이 당신에게 열쇠를 줄 때가 떠오르고, 그때 그것이 당신에게 얼마나 큰 의미였는지 생각난다.

아래층으로 내려가니 어머니가 가스레인지 앞에 서서 냄비의 물이 끓기를 기다리고 있다. 당신은 문 앞에 서서 바깥을 내다본다. 며칠 동안 비가 내리지 않았다. 마당의 수로는 물이 찔끔찔끔 흐르는 정도다. 바로 옆 들판에서 건초 냄새가 올라온다. 이슬이 마르자마자 러드 형제가 초원으로 나와서 건초를 뒤집을 것이고 맑은 날씨가 이어지는 동안 건초를 말릴 것이다. 건초 포장기가 남긴 것을 그들이 쇠스랑으로 긁어 모으리라. 러드 부인이 보온병과 샐러드를 가지고 나올 테고, 그들은 포장된 건초에 기대 배를 채울 것이다. 웃음소리가 물가의 새소리처럼 선명하게 길을 따라 올라오리라.

"오늘도 날씨가 좋네요." 당신은 무슨 말이든 해야 할 것만 같다.

어머니가 목 안쪽에서 동물 같은 소리를 낸다. 당신이 고개를 돌려 어머니를 본다. 손등으로 눈을 닦고 있다. 어머니는 눈물이 흐르도록 놔둔 적이 없다.

"유진은 일어났니?" 어머니가 말한다.

"몰라요. 아무 소리도 안 들리던데요."

"내가 가서 깨우마."

6시가 다 되어간다. 당신이 떠날 때까지 아직 한 시간 남았다. 소스팬의 물이 끓자 당신이 불을 끄러 간다. 소스팬 안에서 달걀 세 개가 서로 부딪친다. 하나는 깨져서 흰자가 리본처럼 흘러나온다. 당신이 가스 불을 줄인다. 흐물흐물한 달걀은 싫다.

유진이 주일에나 입는 복장으로 내려온다. 지쳐 보인다. 언제나와 비슷한 표정이다.

"그래, 동생아." 그가 말한다. "준비 다 됐어?"

"응."

"비행기표랑 전부 챙겼고?"

"챙겼어."

어머니가 잔과 접시를 내놓고 빵을 자른다. 칼이 낡아서 칼날이 군데군데 닳았다. 당신은 빵을 먹고 차를 마시면서 미국인은 아침으로 뭘 먹을까 생각한다. 유진이 달걀 윗부분의 껍데기를 깨뜨리고 빵에 버터를 바른 다음 개들과 나눠 먹는다. 모두 말이 없다. 시계가 6시를 알리자 유진이 모자로 손을 뻗는다.

"마당에서 할 일이 좀 있어." 그가 말한다. "오래 안 걸릴 거야."

"괜찮아."

"시간 맞춰 나가야지." 어머니가 말한다. "놓치면 안 되잖아."

당신은 아침 식사에 쓴 접시들을 건조대로 치운다. 어머니에게 할 말이 없다. 입을 열면 엉뚱한 말이 나올 텐데, 그런 식으로 끝내고 싶지 않다. 당신은 위층으로 올라가지만 방으로 돌아가고 싶지는 않다. 당신은 층계참에 서 있다. 부엌에서 두 사람이 뭐라 말하지만 무슨 소리인지 들리지 않는다. 참새가 창틀에 휙 내려와 앉더니 유리에 비친 자신을 쫀다. 부리가 유리에 부딪친다. 당신은 참새가 더 이상 보이지 않을 때까지 지켜보고, 새는 곧 날아간다.

* * *

어머니는 대가족을 원하지 않았다. 가끔 화가 나면 당신을 양동이에 넣어서 물에 빠뜨려 죽이겠다고 했다. 어렸을 때 당신은 슬레이니강으로 끌려가서 어머니가 당신을 양동이에 넣어 강둑에서 던지는 것을, 양동이가 잠시 둥둥 뜨다가 가라앉는 장면을 상상했다. 당신은 나이가 들면서 그 말이 그냥 하는 말임을 알았고, 너무 끔찍한 말이라고 생각했다. 사람들은 가끔 끔찍한 말을 했다.

큰언니는 아일랜드에서 가장 좋은 기숙학교에 들어가서 교사가 되었다. 유진은 공부를 잘했지만 열네 살이 되자 아버지가 학교를 그만두게 하고 농사일을 시켰다. 사진을 보면 장남과 장녀는 옷을 잘 차려입었다. 새틴 리본, 짧은 바지, 두 눈 속에서 눈부시게 반짝이는 태양. 자연의 흐름에 따라 아이들이 줄줄이 태어나는 대로 먹이고 입히고 기숙학교에 보냈다. 가끔 공휴일과 주말이 이어지면 집으로 돌아왔다. 선물과 낙관주의를 안고 오지만 낙관주의는 금방 시들었다. 언니와 오빠들은 모든 것을, 여기서 살던 추억을 떠올리다가도 아버지의 그림자가 바닥을 가로지르면 뻣뻣하게 굳었다. 언니 오빠 들은 집을 다시 떠나면 치유받는 것 같았고, 빨리 가고 싶어서 안달이었다.

당신이 기숙학교에 들어갈 차례는 결코 오지 않았다. 그때쯤 되자 아버지는 딸을 가르쳐봐야 소용없다고 생각하게 되었다. 당신은 어차피 떠날 사람이므로 가르쳐봐야 다른 남자가 득을 볼 뿐이다. 하지만 집에서 통학하는 학교에 보내면 집안일과 농사일을 거들게 할 수 있다. 아버지는 방을 옮겼지만 어머니는 아버지의 생일날 섹스를 해주었다. 어머니가 아버지의 방에 들어가서 거기서 했다. 오래 걸리지 않았고 소리도 내지 않았지만 당신은 알았다. 그러다가 그 역시 멈추었고 대신 당신이 아버지의 방에 들여보내졌다. 한 달에 한 번 정도였고, 늘 유진이 집을 비운 사이였다.

당신도 맨 처음에는 아무 거리낌 없이 갔다. 잠옷을 입고 층계참을 가로질러 가서 아버지의 팔을 베고 누웠다. 아버지는 당신과 장난을 치고, 칭찬하고, 머리가 좋다고, 제일 똑똑하다고 말했다. 그러다가 끔찍한 손이 옷 속으로 들어와 잠옷을 끌어 올렸고, 우유를 짜면서 튼튼해진 손가락이 당신을 찾았다. 미친 손은 신음이 나올 때까지 그 자신을 만졌고 그런 다음 그는 당신에게 옆에 놓인 천을 달라고, 이제 가고 싶으면 가봐도 된다고 했다. 마지막에는 반드시 키스를 해야 했는데, 수염 그루터기가 까끌까끌하고 숨결에서 담배 냄새가 났다. 가끔 그는 당신에게도 담배를 한 개비 주었고 당신은 그의 옆에 누워서 담배를 피우며 다른 사람인 척할 수 있었다. 끝나고 나면 당신은 욕실로 가서 아무 일도 아니라고 혼자 되뇌고 물이 뜨거우면 좋겠다고 생각하며 몸을 씻었다.

이제 당신은 층계참에 서서 행복을, 좋은 날을, 즐거운 저녁을, 친절한 말을 기억해 내려 애쓴다. 작별을 어렵게 만들 행복한 기억을 찾아야 할 것 같지만 하나도 떠오르지 않는다. 그

대신 키우던 세터가 새끼를 여러 마리 낳았을 때가 기억난다. 어머니가 당신을 그의 방에 들여보내기 시작한 즈음이었다. 헛간에서 어머니가 반으로 자른 나무통 위로 몸을 숙이고 자루를 물속에 넣었고, 결국 낑낑거리는 소리가 멈추고 자루가 고요해졌다. 강아지들을 물에 빠뜨려 죽인 날, 어머니는 고개를 돌려 당신을 보고 미소를 지었다.

* * *

유진이 올라와서 층계참에 서 있는 당신을 발견한다.

"상관없어." 그가 말한다. "신경 쓰지 마."

"뭐가 상관없어?"

그가 어깨를 으쓱하고 아버지와 함께 쓰는 방으로 들어간다. 당신은 여행 가방을 아래층으로 끌고 내려간다. 어머니는 설거지를 하지 않았다. 성수聖水를 들고 문 앞에 서 있다. 어머니가 당신에게 성수를 뿌린다. 몇 방울이 눈에 들어간다. 유진이 자동차 열쇠를 가지고 내려온다.

"아빠가 너랑 얘기하고 싶대."

"안 일어나신대?"

"응. 네가 올라가야 돼."

"가봐." 엄마가 말한다. "빈손으로 떠나지 말고."

당신은 계단을 다시 올라가 그의 방 앞에 멈춰 선다. 피가 비치기 시작한 열두 살 이후로 이 문을 들어선 적이 없다. 당신이 문을 연다. 방 안은 어둑하고 커튼에 줄무늬 같은 여름 햇살이 어른거린다. 예전과 똑같은 담배 연기 냄새와 발냄새가 난다. 당신은 침대 옆에 놓인 그의 신발과 양말을 본다. 속이 메슥거린다. 그는 속옷 바람으로 일어나 앉아 있고, 가축을 사고파는 자의 눈으로 모든 것을 파악하고 잰다.

"그래, 미국에 간다고." 그가 말한다.

당신은 그렇다고 말한다.

"정말 약았구나, 응?" 그가 이불로 배를 덮는다. "거긴 따뜻하냐?"

당신은 그렇다고 말한다.

"누가 데리러 나온다더냐?"

"네." 무슨 말에든 동의한다. 그것이 늘 당신의 전략이었다.

"잘됐구나, 그래."

당신은 그가 지갑을 꺼내거나 지갑을 가져오라며 어디 있는지 말하기를 기다린다. 하지만 그는 그러는 대신 손을 내민다. 당신은 그에게 닿고 싶지 않지만 어쩌면 돈을 쥐고 있을지도 모른다. 절박한 마음에 손을 내밀자 그가 악수를 한다. 그가 당신을 끌어당긴다. 키스하고 싶은 것이다. 당신은 보지 않아도 그가 미소 짓고 있음을 안다. 당신이 그에게서 떨어져 방에서 나가려 하지만 그가 다시 부른다. 그는 늘 이런 식이다. 당신이 아무것도 얻지 못하겠다고 생각했음을 알았으니 이제야 줄 것이다.

"하나 더." 그가 말한다. "유진한테 어두워질 때까지는 풀을 다 베어놓으라고 해."

당신은 밖으로 나가서 문을 닫는다. 욕실로 가서 손과 얼굴을 씻고 마음을 가라앉힌다.

"돈은 받았겠지?" 어머니가 말한다.

"받았어요." 당신이 말한다.

"얼마나 주더니?"

"백 파운드요."

"네 아빠가 아주 가슴이 찢어졌겠네." 그녀가 말한다. "자기 딸이, 마지막 남은 딸인데, 네가 미국에 가는데 침대에서 나오지도 않고. 그게 바로 내가 결혼한 썩을 놈이지!"

"준비됐어?" 유진이 말한다. "그만 출발해야겠다."

당신이 어머니를 끌어안는다. 왜인지는 당신도 모른다. 그러자 어머니가 변한다. 당신 품속에서 어머니가 온화해지는 것이 느껴진다.

"거기 도착하면 연락할게요, 엄마."

"그래." 어머니가 말한다.

"밤이 지나야 도착할 거예요."

"알아." 어머니가 말한다. "긴 여정이지."

유진이 여행 가방을 들고 가자 당신이 그를 따라 나간다. 벚나무가 휘어진다. 바람이 강할수록 나무도 강해진다. 양치기 개들이 당신을 쫓아온다. 당신은 꽃밭을 지나고 배나무를 지나 자동차로 걸어간다. 포드 코티나 승용차가 밤나무 그늘에 세워져 있다. 디젤 연료통 옆에서 야생 민트 향이 난다. 유진이 시동을 걸고 농담을 하면서 차를 몰기 시작한다. 당신은 핸드백, 비행기표, 여권을 다시 본다. 넌 거기 도착할 거야, 당신이 스스로에게 말한다. 사람들이 마중을 나올 거야.

유진이 울타리 대문 앞에 차를 세운다.

"아빠가 너한테 아무것도 안 줬지, 그렇지?"

"뭐라고?"

"안 준 거 알아. 아닌 척할 필요 없어."

"상관없어."

"나한텐 20파운드짜리 한 장밖에 없어. 나중에 돈 보내줄게."

"상관없어."

"우편으로 돈을 보내도 안전할까?"

놀라운 질문, 멍청한 질문이다. 당신은 대문을, 그 너머 숲을 본다.

"안전하냐고?"

"응."

"응." 당신은 그럴 거라고 말한다.

당신이 차에서 내려 울타리 대문을 연다. 유진이 열린 대문을 통과한 다음 차를 세우고 당신을 기다린다. 당신이 철조망을 다시 칠 때 암망아지가 들판 가장자리를 따라 달려와서 울타리에 몸을 기대고 히힝거린다. 붉은 기가 도는 밤색에 한쪽 발만 양말을 신은 것처럼 하얗다. 당신은 비행기표를 사기 위해서 이 암망아지를 팔았지만 내일은 돼야 데려갈 것이다. 그것이 조건이었다. 당신은 암망아지를 물끄러미 보다가 돌아서지만 다시 돌아보지 않을 수가 없다. 당신의 시선이 자갈길을, 타이어 자국 사이의 초록색 풀을 지나 개신교 시절부터 남아 있던 화강암 기둥을 따라 올라갔다가 저 너머 당신을 마지막으로 보러 나온 어머니에게 닿는다. 어머니는 겁쟁이처럼 살짝 손을 흔든다. 어머니가 자신을 남편과 같이 여기 남겨두고 떠나는 당신을 용서하는 날이 올까 궁금하다.

차를 타고 가다 보니 러드 형제가 벌써 초원에 나와 있다. 기계에 시동이 걸리며 탕 소리가 나고 환한 웃음이 터져 나온다. 당신은 통학 버스를 타던 바르나 교차로를 지난다. 졸업이 다가오면서 당신은 굳이 학교에 가지도 않았다. 당신은 숲속으로 들어가 나무 밑에 종일 앉아 있거나 비가 오면 건초 헛간을 찾았다. 가끔은 언니들이 두고 간 책을 읽었고 가끔은 잠들었다. 한번은 어떤 남자가 자기 헛간에 들어왔다가 당신을 발견했다. 당신은 눈을 뜨지 않았다. 그는 한참 서 있더니 가버렸다.

"네가 알아야 할 게 있어." 유진이 말한다.

"어?"

"나도 떠날 거야."

"무슨 소리야?"

"땅을 포기할 거야. 다 가지시라고 하지 뭐."

"뭐라고?"

"두 분이 돌아가실 때까지 내가 같이 사는 게 상상이 돼? 내가 여자를 집으로 데려오는 게 상상이 되냐고. 어떤 여자가 그걸 견디겠어? 내 인생 같은 건 없겠지."

"하지만 지금까지 열심히 일한 건 어쩌고?"

"그런 건 전혀 상관없어." 그가 말한다. "다 끝난 일이야."

"어디로 갈 건데?"

"몰라. 세를 얻어야겠지."

"어디에?"

"아직 모르겠어. 네가 떠날 때까지 기다렸어. 그 뒤는 아직 생각 안 했고."

"설마 나 때문에 남아 있었던 거야?"

그가 속도를 늦추고 당신을 본다. "맞아." 그가 말한다. "하지만 크게 도움이 되지는 않았지. 안 그러냐, 동생아?"

누군가 그 이야기를 꺼낸 것은 처음이다. 말로 하니 끔찍한 일처럼 느껴진다.

"오빠가 늘 지키고 있을 수는 없었잖아."

"그래." 그가 말한다. "그럴 수는 없겠지."

발팅글라스에서 블레싱턴까지는 길이 구불구불하다. 당신은 이 길을 기억한다. 올아일랜드 챔피언십 경기를 보러 가면서 이 길을 지났었다. 탈라에 있는 아버지의 누나 집에서 잤는데, 타르트를 아주 잘 만들고 줄담배를 피우는 강인한 여자였다. 이 주변은 땅이 썩 좋지 않고 이탄지* 들판이 많았다. 망아지 몇 마리가 길가에서 풀을 뜯고 있었다. 당신은 어렸을 때이곳이 아일랜드 서부인 줄 알았다. 그렇게 말하면 어른들이

---

* 泥炭地, 식물이 습한 땅에 쌓여 분해된 토탄(이탄)이 퇴적하여 이루어진 땅. 삽과 비슷한 도구를 이용해서 장작 모양으로 떼어내 말린 다음 불을 피울 때 사용한다.

웃곤 했다. 갑자기 아버지에 대한 좋은 기억이 떠오른다. 당신이 그의 방에 드나들기 전의 일이었다. 아버지가 마을에 갔다가 기름을 넣으려고 주유소에 들렀다. 그러자 거기서 일하던 여자애가 와서 자기가 반에서 제일 똑똑했다고, 모든 과목을 제일 잘했다고 말했다. 당신이 오기 전까지는. 아버지는 마을에서 돌아와 이 이야기를 반복했고, 당신이 개신교 집 딸보다 똑똑한 것을 자랑스럽게 여겼다.

공항이 가까워지자 하늘에서 비행기가 조금씩 보인다. 유진이 차를 세우고 당신이 안내 데스크를 찾도록 도와준다. 둘 다 정확히 뭘 어떻게 해야 하는지 모른다. 사람들이 당신의 여권을 보고, 여행 가방을 가져가고, 어디로 가야 하는지 알려준다. 당신은 움직이는 계단이 무섭지만 그 위에 올라선다. 커피숍이 하나 있다. 유진이 거기서 당신에게 아침 식사를 먹이려 하지만 당신은 먹고 싶지도 않고, 여기 있고 싶지도 않고, 유진이 먹는 동안 옆에 있어주고 싶지도 않다.

오빠가 당신을 끌어안는다. 당신은 이런 식으로 안겨본 적이 없다. 수염 그루터기가 얼굴에 닿자 당신이 몸을 뺀다.

"미안하다." 그가 말한다.

"괜찮아."

"잘 가, 동생아."

"잘 있어, 유진. 몸 조심해."

"뉴욕에서 소매치기 조심해."

당신은 대답할 수가 없다.

"편지 써." 그가 얼른 말한다. "편지 쓰는 거 잊지 마."

"안 잊을게. 걱정 마."

당신은 그를 두고 탑승객들을 따라가서 줄을 선다. 그는 아침을 먹으러 가지 않을 것이다. 시간이 별로 없다. 당신은 아버지의 말을 전할 필요가 없었다. 유진은 정오가 되기 전에 집에 도착해서 어두워지기 훨씬 전에 풀을 다 벨 것이다. 그런 다음에는 옥수수도 베야 한다. 벌써 가을보리를 파종할 시기가 다 됐다. 9월이 되면 일이 더 많아질 것이다. 농사를 지으려면 늘 해야 하는 일이다. 헛간도 치우고, 소 검진도 받고, 석회도 뿌리고, 똥도 치워야 한다. 당신은 그가 절대 밭을 떠나지 않으리란 사실을 안다.

모르는 사람이 핸드백을 달라고 하자 당신은 시키는 대로 한다. 당신은 문 없는 틀을 통과한 다음 핸드백을 돌려받는다. 이쪽은 조명이 더 환하다. 향수와 볶은 커피콩 향기, 비싼 것들의 냄새가 난다. 당신은 태닝 로션 병들을, 선반 가득 늘어선 검은 안경들을 알아본다. 모든 것이 흐릿해지지만 당신은 계속 걸어가야 한다. 그래서 티셔츠와 면세점을 지나 게이트로 향한다. 마침내 게이트에 도착하니 거의 아무도 없지만 당신은 여기가 맞다는 걸 안다. 당신은 또 다른 문을 찾다가 여자의 신체 일부를 알아본다. 문을 밀자 열린다. 당신은 환한 개수대와 거울을 지나친다. 누군가가 괜찮냐고 묻지만—정말 바보 같은 질문이다—당신은 또 다른 문을 열었다가 닫을 때까지, 칸막이에 안전하게 들어가 문을 잠글 때까지 울지 않는다.

푸른 들판을 걷다

아까 전에 여자들이 꽃을 가지고 왔다. 각각 더 짙은 빨간색 꽃이었다. 사람들이 기다리던 성당 안에 꽃향기가 짙었다. 오르간 연주자가 바흐의 토카타를 한 번 더 천천히 연주했지만 의심의 전율이 신자석에 퍼져 나갔다. 이미 비스듬한 아침 햇살이 화강암 세례대 가장자리를 지나 성수대까지 미끄러져 들어왔다. 사제가 고개를 들고 초록색 실크 드레스 차림의 신부 들러리들이 말없이 늘어선 열린 문들을 바라보았다. 그들 너머 4월의 하늘에서 창백한 구름이 갈라지고 있었다. 구름이 쪼개져서 흘러가기 시작하더니 존 롤러가 외동딸을 데리고 계단을 올라와 그녀를 넘겨주었다.

사제는 시간에 대해서는 아무 말도 하지 않고 모두를 환영하며 예식을 진행했다. 말을 한 번 더듬긴 했지만 곧 서약이 거행되었고 잭슨이 그녀의 손에 수수한 금반지를 끼워주었다. 제의실로 자리를 옮긴 사제는 묵직한 만년필을 드는 신부의 손이 떨리는 것을, 혼인 문서에 이름을 쓸 때 검은 잉크가 얼마나 희미한지 알아차렸지만 잭슨의 과감한 필체는 그의 이름을 확실히 나타냈다.

이제 사제는 바깥에 서서 성당 마당을 바라본다. 산뜻한 날이고 맑은 바람이 분다. 색종이 조각이 비석과 포장로를 지나 묘지 길 쪽으로 날렸다. 주목에 걸린 베일 조각이 떨린다. 그가 손을 뻗어 나뭇가지에서 베일을 떼어낸다. 손으로 만져보니 뻣뻣하고 성직복 천과는 다르다. 이제 그는 옷을 갈아입고 시골길로 나가서 목책을 넘어 강으로 걸어 내려가고 싶다. 거기로, 들판 사이의 습지로 내려가면 야생 오리들이 흩어지리라. 더 아래 강가까지 내려가면 마음이 차분해질 것이다. 하지만 그는 열쇠로 성당 문을 잠그자마자 그가 책임져야 하는 마을을 마주한다.

오늘은 문을 닫은 가게가 많다. 정육점 창가에는 박박 문질러 닦은 빈 쟁반이 놓여 있고 포목점의 창유리에는 블라인드가 바짝 내려져 있다. 신문 가게만 문이 열려 있고 가위를 든 여자가 어제 자 신문 윗부분을 자르고 있다. 사제는 길을 건너서 호텔로 향하는 대로를 걸어 올라간다. 이곳은 한때 개신교도의 땅이었다. 양옆에 늘어선 나무는 키가 크고 여기는 바람이 묘하게도 사람 같다. 가벼운 말소리가 버드나무 사이사이로 지나간다. 겨우 속삭임에 불과한데도 느릅나무들이 몸을 숙인다. 이곳은 왠지 머나먼 과거를 불러온다. 사냥개, 창槍, 물레. 역사가 주는 즐거움이 있다. 최근의 일은 그와 다르고 떠올리기 괴롭다.

바깥 잔디밭에 신부와 신랑이 친척들과 모여 있다. 요란한 드레스를 입은 신부 들러리들이 베스트맨*의 말에 웃고 있다. 사진사가 앞으로 나와서 어디에 어떻게 서라고 지시한다. 사제가 빨간 융단을 가로질러 가서 다시 손을 내밀어 신랑과 악수한다. 땅딸막한 남자로, 눈동자는 흔한 파란색이고 힘이 아주 좋다.

"잘 사시길 바라겠습니다." 사제가 말한다. "정말 행복하시길 빕니다."

"감사합니다, 신부님. 저희랑 같이 사진 한 장 찍으시죠?" 그

---

*   신랑 측 대표 들러리. 주로 형제나 친한 친구가 맡으며 결혼식에서 신랑을 도와주는 역할을 한다.

가 사제를 신부 옆에 세우며 말한다.

신부는 미인이고 주근깨 뿌려진 어깨가 드러나는 드레스 차림이다. 맨살에 기다란 진주 목걸이가 묵직하게 걸려 있다. 사제는 신부에게 닿지 않도록 다가서서 반짝이는 빨강 머리의 가르마를 바라본다. 신부는 침착한 표정이지만 손에 들린 부케가 떨린다.

"춥겠군요." 그가 말한다.

"안 추워요."

"추울 텐데요."

"안 추워요." 그녀가 말한다. "아무 느낌도 없어요."

마침내 그녀가 그를 본다. 초록색 눈은 돌처럼 차갑고 아무것도 드러내지 않는다.

"이쪽 보세요!"

사제가 사진사의 머리 너머 구름을 바라본다. 구름이 빠르게 움직여서 태양을 가리고 잔디밭에 적당한 그림자를 드리운다.

"아주 좋아요! 그대로 계세요." 사람들이 그대로 뻣뻣하게 굳었다가 사진사가 버튼을 누르자 다시 움직인다. "이제 신랑 가족분들 나오실까요? 신랑 가족은 전부 앞으로 나오세요!"

호텔 안으로 들어가니 군중의 톡 쏘는 열기가 느껴지고 손님이 넘친다. 프런트데스크 근처에서 웨이트리스가 펀치를 국자로 푸고 있다. 또 다른 웨이트리스는 날카로운 칼을 들고 서서 기다란 훈제 연어를 얇게 썬다. 손님들이 줄을 서서 포크, 케이퍼, 레몬 조각을 챙긴다. 사방이 온통 꽃이다. 사제는 이런 꽃들을 본 적이 없었다. 활짝 핀 튤립, 파란 히아신스, 트럼펫처럼 요란한 글라디올러스. 그는 장미가 꽂힌 크리스털 꽃병 옆에 서서 향기를 들이마신다. 갑자기 술이 마시고 싶어져서 바를 향해 돌아선다.

"안녕하세요, 신부님." 색색의 드레스를 입은 몸집이 좋은 던 양이 말한다. "좋은 예식이었어요. 짧고 유쾌하게 진행하시던데요."

"그 부분은 어려울 것 없지요, 던 양. 두 사람이 행복하기만을 바랄 뿐입니다."

"시간이 흘러야 알겠죠." 그녀가 말한다. "벌써부터 말하긴 일러요."

사제가 미소를 짓는다. "술 한잔 하시겠습니까?"

"아뇨." 그녀가 말한다. "저는 절대 술을 입에 대지 않는답니다." 그녀는 팔짱을 끼고 있다.

"절대로요?"

"네. 절대로요. 이유를 모르시겠다면 저녁까지 여기 계셔보세요."

"탄산수 드시겠어요?"

"안 마실래요." 그녀가 말한다. "식사를 기다리는 중이에요."

사제는 던 양이 혼자 있는 것에 충분히 만족한다는 사실을 깨닫는다. 그가 바에 가서 핫위스키*를 주문한다. 바 직원이 한숨을 쉬고 주전자를 올리더니 레몬 조각에 정향을 찔러 넣고 빈 잔에 숟가락을 넣는다. 사제는 사람들을 보면서 누군가가 다가오기를 기다린다. 그에게 말을 거는 사람은 대부분 여자다. 여기에는 말하고 싶은 사람들이 있다. 그에게 돈을 빌린 사람들도 있다.

신랑의 어머니 잭슨 부인이 사람들에게 다가온다. 상기된 얼굴이 연보라색 드레스와 어울리지 않는다. 그녀가 모자를 벗지만 어디에 둬야 할지 몰라서 도로 쓴다.

"내가 이러고서 어딜 다닌단 말이람?" 그녀가 말한다. "그것도 나같이 늙은 여자가 말이야."

그가 예전에는 무척 좋아했지만 이제는 지겨워진 게임이다. 사람들은 사제가 손쉽게 일으켜 세울 수 있도록 늘 스스로를 낮춘다. 항상 칭찬을 구한다.

"그만하시죠." 그가 말한다. "아주 멋지신데요."

---

*   술에 꿀과 레몬, 향신료, 허브, 물을 섞어 뜨겁게 마시는 음료.

"세상에, 신부님. 하지만 신부님은 모르세요." 그녀가 몸을 조금 더 쭉 펴며 말한다.

"신부님은 사제인 게 금방 티가 나요." 그녀의 조카가 말한다. "남자는 절대 그런 말을 안 하거든요." 그녀가 주변을 둘러본다. 거기 있는 남자들에게 실망한 것이 분명하다.

잭슨 부인이 그 말을 일축한다. "글쎄, 그래도 한시름 놨지 뭐야. 이제 한 녀석밖에 안 남았는데, 아마 내가 평생 데리고 살겠지."

"걔는 결혼 안 할 것 같아요?"

"누가 걜 데려가겠니? 정말 귀찮은 녀석이야. 일만 하거나 놀기만 하지. 중간이 없어."

"한잔 하시겠습니까, 잭슨 부인?"

"아뇨." 그녀가 말한다. "식사 준비가 어떻게 되고 있나 가봐야겠어요, 원 세상에."

다른 교구에서 온 젊은 여자가 바텐더를 찾아서 바를 향해 몸을 숙인다. 그녀의 옆에서 이발사가 자기 잔을 물끄러미 바라본다.

"잔이 반쯤 빈 걸까요, 반쯤 찬 걸까요, 신부님?"

"생각하기 나름이지요." 사제가 말한다.

"글쎄요, 뭘 마시고 계셨는지는 모르겠지만 말이에요." 여자가 말한다. "둘 다겠죠. 둘 중 하나만일 수는 없잖아요."

이발사가 얼굴을 찌푸리다가 무슨 말인지 알아듣는다.

"여자들이란 참." 그가 고개를 저으며 말한다. "여자들은 항상 답을 가지고 있다니까요."

화동을 맡았던 여자아이가 빠르게 달려가고 아이들이 그 뒤를 쫓는다. 핫위스키를 마시니 마음이 안정되고 젊은 시절의 겨울 밤들이 떠오른다. 그는 크리스마스와 어머니를, 어머니가 푸딩에 흑맥주를 붓고 그에게 저으라고, 소원을 말하라고 했던 것을 떠올린다. 어머니는 그에게 사제가 되라고 강요하지는 않았지만 부추겼다. 그는 복사였을 때 제의실에 서서 손으로 수단과 중백의를 쓸어본 적이 있었다. 겨울 햇살이 높은 창에 얼룩을 만들었고 성당에서는 합창단이 「주 하느님 크시도다」를 연습하고 있었다. 그 순간 길이 열리는 느낌이 들었지만 지금 여기서는 그런 것들을 깊이 생각할 시간이 없다. 신부의 아버지 롤러가 바짝 다가와서 그의 손을 꽉 잡는다. 그의 손바닥에 쥐어진 돈이 느껴진다.

"수고해 주신 사례입니다." 롤러가 조용히 말한다.

"감사합니다." 사제가 받는다. "저에게도 기쁜 일이죠."

홀아비인 롤러는 칼로 대로변에 80만 제곱미터의 땅을 가지고 있다. 실크 타이의 매듭은 완벽하고 타이의 줄무늬 때문에 양복의 짙은 빨간색 재봉실이 더욱 돋보인다. 그는 취향이 고급스럽기로 유명하고 사람들에게 인기가 많다. 롤러가 바 건너편의 신랑을 바라본다. 신랑은 고개를 숙이고 다른 남자의 말에 귀를 기울이고 있다.

"신랑 동생이 잘할까요?" 롤러가 묻는다.

"식사가 곧 나오지 않습니까?" 사제가 말한다.

"시간을 때우지 않아도 되도록 그렇게 준비했습니다. 아마 곧 부를 겁니다." 그가 말없이 신랑을 다시 빤히 본다. "여자가 일단 마음을 먹으면 막을 수 없지요. 끼어들지 않는 게 상책이에요."

"무슨 일이든 저절로 해결되는 법이지요." 사제가 위로한다.

"그런 일도 있죠." 그가 고개를 푹 숙이고 광을 낸 커다란 구두 끝으로 의자를 툭툭 치며 말한다. "그저 물러서서 마음대로 하게 놔둬야 해요. 실수하게 내버려둬야 하죠. 그게 힘듭니다. 하지만 힘들어도 그렇게 하지 않으면 더 큰 일을 당할 뿐이에요."

펀치를 퍼 주던 여자가 종을 들고 바 쪽으로 다가온다. "자리에 앉으세요! 신사 숙녀 여러분! 식사가 곧 나옵니다!"

놀라움이 물결처럼 퍼져 나간다. 여자들이 핸드백을 챙긴다. 술 마시는 사람들이 허둥지둥 한 잔씩 더 시킨다. 식탁이 차려진 연회장으로 사람들이 물 흐르듯 흘러간다.

"제가 어디 있는지 아시죠." 사제가 말한다. "제가 필요하다면 말입니다."

"신부님을 찾아뵐 일이 없었으면 좋겠네요." 롤러가 말한다.

"그래도 오세요." 사제가 말한다. "저녁때는 거의 집에 있습니다."

남자 화장실에서 사제가 거울 앞에 서서 손을 씻고 머리를 빗어 넘긴다. 머리가 빨리 자라서 눈을 가리지만 마지막으로 이발소에 갔을 때는 대충 다듬어주기만 했다. 베스트맨 도널 잭슨이 들어와서 벽에 기대 오줌을 눈다. 오줌 줄기가 길고 타일에 부딪치는 소리가 시끄럽다. 그가 성기를 넣기도 전에 돌아선다. 성기가 너무 커서 빌린 바지에 다시 넣느라 애를 먹는다.

"빌어먹을 장식이에요, 신부님." 그가 말한다. "신부님 거랑 마찬가지죠."

"그만해!" 케네디가 칸막이 안에서 물을 내리고 나오면서 소리친다. "그런 말은 왜 하냐고. 그거 좀 치워!" 그는 반쯤 즐기고 있다. "이 깡패 자식은 신경 쓰지 마세요, 신부님. 그냥 무시하세요."

사제가 문을 나설 때 웃음소리가 들린다. 한때, 별로 오래되지 않은 예전에는 사제에게 들리지 않을 때까지 기다렸을 텐데. 그는 바에 가서 다시 한번 마음을 다잡아야 한다. 결혼식은 힘들다. 사방에 술이 넘치고 이런저런 말들이 나오지만 그는 자리를 지켜야 한다. 한 남자가 젊은 남자에게 딸을 빼앗긴다. 한 여자는 아들이 별것도 아닌 여자에게 자신을 내던지는 모습을 본다. 그들은 반쯤 그렇게 생각한다. 비용이 들고 감정은 오가고 돌이킬 수는 없다. 공개적으로 서약하면 사람들은 항상 운다.

그가 카운터에 서서 파워스 위스키를 작은 잔으로 하나 주문한다. 여자 바텐더가 파워스를 건네며 이미 계산됐다고 말한다. 사제가 고개를 든다. 저 멀리 카운터 앞에 신랑이 흑맥주를 새로 따른 파인트 잔을 들고 서 있다. 그가 잔을 들고 미소를 짓는다. 사제가 위스키를 들고 한 모금 마신다. 잭슨이 알고 있을지도 모른다는 생각은 지금까지 한 번도 하지 않았다.

이제 식탁이 놓인 연회장에 사람들이 들어찬다. 은식기가, 촛불이, 광을 낸 나무 바닥에 비친 의자의 격자무늬가 반짝인다. 교구민의 절반이 참석했다. 요즘은 작은 결혼식으로 안 된다. 메인 테이블은 신랑 자리만 빼고 다 찼다. 그는 왜 그쪽에 자기 자리가 있으리라 생각했을까? 사제가 어색하게 식탁을 돌면서 자기 이름을 찾는다. 던 양이 손짓으로 알려준다. 그의 자리는 친척들이 앉은 식탁이었다. 왼쪽에는 신부의 삼촌이 앉고 오른쪽에는 신랑의 고모가 앉았다.

"신부님을 우리 죄인들과 같은 자리에 앉혔네요." 고모가 말한다.

사제는 아무 대답도 하지 않는다. 그들은 잠시 날씨 이야기를 억지로 짜내다가 메뉴를 본다. 금색 활자로 코스가 적혀 있고 선택도 할 수 있다. 전채로는 야채 크림수프 또는 게살을 채운 아보카도 중에서 고를 수 있고 그다음으로는 찐 연어와 파슬리 소스 또는 로즈메리즙을 곁들인 양고기 중에서 선택할 수 있다.

신랑의 고모는 뭘 이렇게까지 하는지 이해가 안 된다.

"삶은 햄 한 조각이면 충분하지 않아요? 우리가 자랄 때는 아보카도가 뭔지도 몰랐는데." 그녀가 칭찬을 기대하며 말한다.

"연어를 어디서 잡아다 쩠을까?" 시노트가 말한다. "우리 강에서 잡은 건 아니었으면 좋겠군." 그는 마르고 강인한 남자로, 좀처럼 제 몫을 하지 않고 잭슨의 언덕에서 양을 훔쳤다고 고해한 적도 있었다.

상석에 앉은 롤러가 유리잔을 톡톡 치자 좌중이 조용해진다. 직원 한 명이 마이크를 들고 와서 사제에게 건넨다. 그가 기계적으로 기도를 시작한다.

"주님, 은혜로이 내려주신 이 음식과……."

사람들이 고개를 숙인다. 누군가 우는 아이를 데리고 나간다. 그가 아멘이라고 끝맺자마자 아보카도 접시와 수프 그릇이 등장한다. 브레드롤에 버터를 바른다. 다들 고개를 숙인다. 양손에 병을 하나씩 든 여자들이 레드와인과 화이트와인을 따른다. 구운 감자 접시가 나오고 채소와 길쭉한 그릇에 담긴 그레이비소스도 나온다. 사람들이 음식을 즐기며 당장의 허기를 달래는 동안 침묵이 퍼진다. 그런 다음 대화가 시작된다.

"살이 전혀 안 찌시네요, 신부님." 고모가 말한다. "실례지만 몸무게를 어떻게 유지하세요?"

"걷습니다." 그가 한숨을 쉬며 말한다.

"걷는 게 아주 좋다고들 하더라고요. 멀리 가세요?"

"길을 따라서 크림 제조소까지 걸어가서 강으로 내려갑니다." 그가 말한다. "시간이 나는 날에는 항상 가지요."

"그 길 알아요." 던 양이 말한다. "중국인한테 가보셨어요, 신부님?"

"아니요." 그가 웃는다. "어떤 중국인이요?"

"음, 아마 모르시겠지만—그리스도인이 아니거든요—몸을 고치려고 그 남자한테 가는 사람들이 있어요."

"고친다고요?"

"네." 그녀가 소금 통 쪽으로 손을 뻗으며 말한다.

"정확히 어디 사는데요?"

"레드먼드네 땅 아래쪽 이동식 주택에요. 건초 헛간 뒤쪽 아시죠? 그쪽으로 산책을 가신다니 분명 아실 거예요."

"피난민이에요. 그 무슨 중국 사람들이랑 관련이 있대요." 잭슨 일가의 남자가 말한다. "레드먼드가 채석장 일꾼으로 고용했었는데 지금은 거기서 암양을 돌보죠."

"양을 한 마리도 잃어버린 적 없대요." 브린이 말한다. "솔직히 말해서 사람은 괜찮다고들 하더군요. 방식이 우리랑은 좀 다르지만."

"개를 안 키워요. 개를 무서워한다더군요." 언덕 위쪽에 사는 마이크 브레넌이 말한다.

"아마 빌어먹을 양치기 개를 잡아먹었을걸." 시노트가 마지막 남은 구운 감자에 손을 뻗으며 말한다.

"그 사람이 정확히 뭘 하죠?" 사제가 묻는다.

"양을 쳐요. 제가 말하지 않았나요?" 던 양이 말한다.

"아니요. 제 말은, 몸을 어떻게 고친다는 거죠?"

"저도 잘 몰라요, 신부님. 제가 아는 건 중국인을 찾아가는 사람들이 있다는 것뿐이에요. 저는 그 근처에도 간 적 없어요. 저는 어디 아프면 접골사 네일을 찾아가거든요."

"등에 문제가 있으면 그 사람이 최고죠." 브린이 말한다. "그레이하운드 다음 차례일 수도 있지만요."

"아니면 빌어먹을 조랑말 다음이든!" 시노트가 말한다. "나는 절름발이 얼룩말 때문에 두 시간이나 기다렸다니까."

웃음이 터져 나온다.

"아픈 데가 있으면 그 중국인이 최고예요."

"전부 소문이지. 그 남자가 무슨 도움이 되겠어? 영어를 한마디도 못하는데. 어디가 아픈지 말할 수가 없잖아."

"뭐, 말 못할 것도 없죠!" 마이크 브레넌이 웃는다.

"손으로 가리키면 되잖아요!" 던 양이 말한다.

"그 사람 앞에서 속옷을 내리고 어느 동네에서 자랐는지 이야기한 다음 잘되기만을 빌어야지." 시노트가 말한다. "중국놈이잖아. 개를 잡아먹고 똥 대신 찻잎을 싸지."

"진정해요." 브레넌이 얼굴을 찌푸리며 말한다. "여기 신부님도 계신데."

"그래." 시노트가 투덜거리며 말한다. "다들 잘 알지만 흰 옷이 얼룩지기 쉬운 법이지."

웃음이 깨지기 쉬운 침묵으로 바뀐다. 브린이 기침을 한다. 고모가 나이프와 포크를 다시 가지런하게 놓는다.

"얼룩에 대해서 잘 아네요." 던 양이 말한다. "정작 당신 파자마는 누이 다섯 명이 주름 하나 없이 다려주지만 말이에요."

사제를 거들려고 한 말이었지만 시노트의 말이 묵직하게 내려앉는다. 사제가 양고기를 자른다. 마이크 브레넌이 연회장 저편에서 목발을 짚고 가는 남자를 바라본다.

"뼈 얘기가 나와서 말인데요." 그가 말한다. "도너휴는 어쩌다가 저렇게 됐대요?"

"오늘 아침에 암소한테 차였어." 시노트가 말한다.

"손을 먼저 데워야 한다는 걸 확실히 배웠겠네. 병원에는 갔다 왔대요?"

"아니. 안 가겠대."

"억지로 보낼 순 없죠." 브린이 말한다.

"그러면 이제 깨달았겠죠. 절대로 집에 들이면 안 되는 두 가지가 바로 목발이랑 유아차예요."

"경험에서 나온 말이군요!" 던 양이 외친다.

"다들 실컷 웃어요. 하지만 정말 맞는 말이라니까요. 메리가 막내를 낳으러 갔을 때 내가 유아차를 마당으로 끌고 나가서 등유를 부었죠." 브레넌이 말한다. "메리가 집에 돌아와서 나를 잡아먹을 듯 괴롭혔지만 이제 그럴 때도 되지 않았어요? 확실히 그 뒤로 요람은 닭이 알을 낳을 때나 쓰고 있죠."

"애가 일곱이었지, 아니 여덟인가?" 고모가 말한다.

"아홉이에요." 브레넌이 담배를 찾아 주머니를 뒤적이며 말한다. "세상에, 담배를 피우려면 밖으로 나가야 한다니 너무하지 않아요?"

이제 메인 코스가 끝나자 음식을 서빙하느라 긴장된 분위기도 가라앉는다. 접시를 치우러 나온 여자들은 아까와 다른 사람들이다. 아무것도 깨지지 않았다. 배를 채우지 못하고 돌아간 사람도 없다. 디저트가 나온다. 딸기를 얹은 아몬드 타르트, 셰리트라이플,* 크림이다. 사람들이 숟가락을 들고 다시 이야기를 하려는데 메인 테이블에 앉은 도널 잭슨이 자기 잔을 탁치고 일어선다. 하지만 일어서자마자 의자에 다시 주저앉는다. 사람들이 그를 향해 고개를 돌리고 조용해진다. 귀가 따끔거린다. 숨죽인 웃음소리가 들린다. 베스트맨이 다시 몸을 일으킨다. 이번에는 무사히 일어서지만 식탁을 짚은 채 몸을 기대야만 한다.

"안녕하십니까, 여러분!" 그가 외친다. "안녕하세요!"

신랑이 빌어먹을 것 짧게 끝내라고 중얼거린다. 들으라고 한 소리는 아니지만 마이크 때문에 모두에게 들린다.

"다들 좋은 날이 되길 바랍니다!" 신랑 들러리가 외친다. "모

---

* 셰리주에 적신 스펀지케이크를 유리 그릇에 깔고 커스터드와 크림을 차례로 올린 디저트.

두 배불리 드셨겠지요."

그런 다음 어떻게 말을 이을지 몰라서 잠시 멈춘다. 그가 신부를 내려다보고 또 자기 형을 본다.

"형이 케이트를 쫓아다니기 시작했을 때 우리는 다들 그렇게 괜찮은 여자가 형을 만나줄 리 없다고 했었죠." 그가 식탁보를, 유리잔을, 은으로 만든 소금 통과 후추 통을 본다. "보시다시피 성공했는데, 딱 하나 유감은 신부에게 자매가 없다는 겁니다!" 그의 손에 식탁보가 밀리면서 접시가 덜걱거린다. 레드와인이 넘쳐서 흰 리넨에 얼룩을 만든다.

시노트가 사제를 뚫어져라 보며 미소를 짓더니 다시 베스트맨을 본다.

"신부에게 자매가 있었다면 우리는 땅도 나눠 갖고 또—"

롤러가 그의 손에서 얼른 마이크를 채간다. 그는 신사답게 마이크를 아주 우아하게 빼앗아 모두에게 와주셔서 감사하다는 말로 진심 어린 인사를 시작한다. 외동딸이 좋은 남편을 찾아서 기쁘다고, 딸을 잘 키우려고 최선을 다했다고, 신부의 어머니는 이 자리에 함께할 수 없지만 그들을 내려다보며 이날을 축복하고 있을 것이라고 말한다. 그런 다음 음식과 와인, 서비스를 칭찬한다. 또 수수한 예식을 주관한 사제와 증인이 되어준 신부 들러리들, 그리고 신랑의 친척 모두에게 감사드린다고 말한다. 그는 신랑을 가족으로 환영하며, 남은 평생 신랑이 신부에게 잘하기를 바란다고, 그러면 더 바랄 게 없다고 말한 다음 자리에 앉는다.

신랑이 종이를 펴고 장인과 비슷한 인사말로 다시 한번 모두에게 감사를 전한다. 신부는 연설을 늘어놓는 남자들에게 둘러싸인 채 조용히 앉아 있다. 웨이트리스가 샴페인을 들고 오지만 그녀는 거절한다. 신부가 와인 잔 자루를 만지작거리는 모습을 보자 사제는 무언가가 떠오른다. 선명하게 되살아난 기억 때문에 그는 혼자 있고 싶어진다.

케이크가 등장하자 박수가 터져 나온다. 신부와 신랑이 일어서서 나이프를 잡는다. 칼날이 맨 아래 단 깊숙이 들어가고 빼놓을 수 없는 사진도 찍는다. 곧 설탕을 뿌린 조각 케이크가 작은 접시에 담겨 다시 나온다. 차와 커피도 따라준다.

던 양이 손을 뻗어 냅킨을 집어서 핸드백에 넣는다.

"기념으로요." 그녀가 말한다. "이제 열두 장은 모았을 거예요."

사제에게 마이크가 다시 넘어온다. 그가 자리에서 일어나 식후 감사 기도를 드리지만 한마디도 마음으로 느껴지지 않는다. 요즘은 기도를 드려도 응답을 받지 못한다. 하느님은 어디 있지? 그가 물었다. 하느님이 무엇이냐고는 묻지 않았다. 그는 하느님을 몰라도 상관없다. 그의 신앙은 흔들리지 않았지만—
바로 이것이 이상한 점이다—그는 하느님이 그 모습을 드러
내기 바란다. 그가 원하는 것은 단 하나의 계시뿐이다. 저녁이
되어 가정부가 돌아간 뒤 창가의 커튼을 꼼꼼하게 치고 나서
무릎을 꿇고 하느님께 사제가 되는 방법을 보여달라고 기도를
드릴 때도 있다.

모두 식사를 마무리해 달라고, 식탁을 뒤로 밀어 춤출 공간
을 마련해야 한다는 안내가 나온다. 연회장에서 우르르 나온
사람들이 화장실이나 바에 가거나 담배를 피우러 밖으로 나간
다. 사제는 지금 돌아갈 수도 있다. 그가 작별 인사를 했다는
사실을 기억할 만큼 덜 취한 사람을 찾아서 악수를 나누면 된
다. 집으로 돌아가면 난로에 불을 피울 준비가 되어 있을 것이
다. 그가 할 일은 돌아가서 성냥으로 불을 붙이는 것밖에 없다.
잠이 그를 끌어당길 테고 하루가 끝날 것이다. 그러나 그는 춤
이 시작될 때까지 남아야만 한다. 그는 기다렸다가 춤을 보고
나서 갈 생각이다.

첫 곡은 느린 왈츠, 「평생 이 춤을 출 수 있을까요?Could I Have
this Dance for the Rest of My Life?」이다. 신랑이 신부를 플로어로 이끌
다가 드레스 자락이 신부의 구두 뒤꿈치에 걸린다. 그녀가 얼
굴을 붉히며 몸을 숙여 드레스 자락을 매만진다. 베일을 벗었

기 때문에 목뒤가 그대로 드러난다. 목을 가리는 것은 진주 목걸이밖에 없다. 신부가 몸을 펴자 잭슨이 그녀를 끌어안는다. 그녀는 기꺼이 따라간다. 약혼반지의 다이아몬드가 빛을 머금는다. 그녀의 남편이 플로어를 돌자 흰 구두가 그 길을 그대로 뒤따른다. 두 사람이 한 바퀴 돌고 또 한 바퀴 돌자 신랑의 동생이 메이드오브아너*와 함께 나온다. 그의 발이 가벼워 보인다. 베스트맨은 연설에 서툴지 몰라도 춤은 잘 춘다. 신랑 들러리가 신부 들러리와 같이 나온다. 그들은 수줍음이 많고 자신에게, 그리고 서로에게 확신이 없어 보인다. 왈츠가 세 곡 끝나고 음악이 멈추자 베스트맨이 형에게 신부와 춤을 춰도 되는지 묻는다. 신랑이 동생을 본다. 롤러는 댄스플로어 가장자리에서 신랑과 시선을 맞추려고 애쓴다. 사제는 롤러가 신경 쓰지 말아야 한다고 말하기는 했지만 내버려두기 어려우리라는 사실을 깨닫는다. 신랑이 머뭇거리다가 그러라고 하고, 곧 신부와 메이드오브아너가 자리를 바꾼다.

밴드가 속도를 올려 스텝이 빠른 곡을 연주한다. 베스트맨이 자이브를 추기 시작한다. 몇 년 전에 자이브 대회에서 우승했던 그는 솜씨를 뽐낼 생각이다. 그가 팔을 들자 신부가 그

---

* 　신부 측 대표 들러리.

밑을 지나 뒤쪽으로 나오지만 그가 원하는 것보다 너무 느리다. 그가 신부를 밀어 빙글빙글 돌리더니 자신은 반대로 돌리고 하다가 신부의 손을 놓친다. 그 대신 진주 목걸이가 손에 잡히고, 그가 제자리에서 돌면서 목걸이가 끊어진다.

진주가 산산이 흩어지고 사제는 얼어붙은 것처럼 꿈쩍도 하지 못한다. 그는 반들반들하게 닦은 플로어에 튀어 오르는 진주알을 바라본다. 진주 한 알이 굽도리에 부딪친 다음 반대로 다시 굴러와 던 양이 내민 손을 지나친다. 진주가 사제의 의자 쪽으로 다시 굴러가자 던 양이 한숨을 쉰다. 그가 손을 아래로 뻗어 진주를 집어 든다. 손에 닿는 진주가 따뜻하다. 그녀의 온기다. 이날 그는 무엇보다도 이 온기에 깜짝 놀란다.

사제가 댄스플로어를 가로지른다. 신부가 양손을 내밀고 서 있다. 그가 신부의 손에 진주를 내려놓자 그녀가 그의 눈을 들여다본다. 눈물이 고여 있지만 그녀는 자존심이 강하기 때문에 눈을 깜빡여 눈물을 떨어뜨리지 않는다. 그녀가 눈을 깜빡이기만 하면 사제는 그녀의 손을 잡고 여기서 달아나리라. 적어도 사제 스스로는 그렇게 생각했다. 바로 그것이 그녀가 한때 바라던 일이었지만 세상에서 두 사람이 같은 순간에 같은 것을 바라는 일은 거의 없다. 때로는 바로 그 점이 인간으로서 가장 힘든 부분이다.

"정말 유감입니다." 그가 말한다.

그가 펼쳐진 손바닥을, 쌓이는 진주알을 바라본다. 그가 눈을 들어 그녀의 얼굴을 본다. 롤러가 그를 바라보고 있지만 브린이 다가와서 그 순간을 깨뜨린다.

"몇 개나 있었어?" 브린이 말한다.

"몇 개냐고요?" 신부가 고개를 저으며 말한다.

"그래." 그가 말한다. "목걸이에 진주가 몇 개였는지 알아?" 브린이 그녀를 보더니 표정을 바꾼다. "아, 울지 마. 고작 목걸이 하나잖아. 고치기 어렵지도 않아."

연회장 문 앞에서 신랑이 베스트맨의 멱살을 잡는다. 커다란 손에 힘이 들어가 있고 화가 나서 얼굴이 하얗게 질렸다.

"이 미친 새끼!" 그가 고함을 지른다. "어떻게 빌어먹을 단 하루도 얌전히 넘어가질 못해!"

* * *

거리로 다시 나오니, 그 끔찍한 음악을 뒤로하고 나오니 정말 좋다. 바람이 가라앉아서 이제 나무도 잠잠하다. 까마귀 한 마리가 나뭇가지에 앉아서 주변을 경계한다. 거리의 굴뚝에서 연기가 하늘로 피어오른다. 신문 가게는 문을 닫았지만 마권 판매소에서는 아직도 텔레비전 불빛이 깜빡거린다. 사제가 창문 앞에서 걸음을 멈추고 책을 펼친 채 잠든 여자를 바라본다. 안으로 들어가서 그녀를 깨우고 싶다. 그러다가 나중에 목이 결린다고 말해주고 싶다. 그러나 그는 사제관을 향해 계속 걸어간다. 그러나 자갈길에 들어서자 안으로 들어갈 수 없음을 깨닫는다. 그는 다시 거리로 나가서 주유소를 지나 시골길을 향해 걸어간다.

그래, 그녀는 결혼했다. 순간적으로 온갖 새로운 가능성이 느껴지지만 곧 사라져 버린다. 그는 수도원의 높은 담장을 지나고 슈퍼마켓의 둥근 쇠막대 울타리를 지난다. 이제 포장되지 않은 흙길이 나오고, 발밑에서 낙엽이 느껴진다. 군데군데 미끄럽다. 그는 어디로 가고 있는지 전혀 모르겠다고 생각한다. 잭슨네 대문을 지난다. 나무 상자에 우유 용기가 담겨 있다. 가끔 들판인지 헛간인지에서 짐승이 울부짖는다. 오늘 밤 마을의 소들은 대부분 배를 주릴 것이다. 그는 어느 하나의 생각이 머리를 온통 차지하지 않도록 주의하며 걷는다. 몇 킬로미터쯤 가자 도로 아래에서 마음을 가라앉히는 강물 소리가 들린다.

크림 제조소가 나오자 헌터스 레인 쪽으로 꺾는다. 우뚝 솟은 블랙스테어산이 들판에 파랗고 묘한 그림자를 드리운다.

일요일에 미사가 끝나면 사냥을 즐기는 남자들이 여기로 몰려든다. 그들은 장끼, 오리, 거위 같은 죽은 새를 사제관으로 가져오곤 했다. 그러면 가정부가 새들을 걸어놓고 털을 뽑은 다음 저녁 식탁에 내놓았다. 사제는 식사를, 그 육즙을 맛있게 먹었지만 자세한 생각은 하고 싶지 않다.

한때 집 한 채가 서 있던 곳에서 길이 끝난다. 담쟁이덩굴이 박공을 온통 뒤덮었다. 오리나무가 자라는 습지에 도착하자 물 쪽에서 당황한 듯 퍼덕거리는 소리가 나더니 야생 오리 떼가 날아오른다. 그 바람에 밑으로 늘어진 꽃이삭들이 떨린다. 사제가 가만히 서서 백로를 찾아 하늘을 바라본다. 여기에 와서 못 만난 적은 한 번도 없었다. 다시 만나고 싶은 마음이 간절했는데 갑자기 백로가 나타나 하늘을 향해 평온한 곡선을 그리며 느린 날갯짓으로 날아간다.

저 아래 강에서 갈색 물이 느른하게 흐른다. 단지 강이 아직 거기 있다는 이유만으로 더욱 평화로워진다. 수면에 비친 반대편 강둑의 나무들 모습에 골이 진다. 구름 한 점이 하늘에 떠다닌다. 너무 창백하고 뜬금없어서 전날의 구름이 남아 있는 것 같다. 그는 주목에 걸린 신부의 베일을 가져온 것을 기억하고 주머니에 손을 넣어 느껴본다. 그런 다음 주머니에서 꺼내 떨어뜨린다. 베일이 수면에 닿기도 전에 후회하지만, 기회가 있었으나 이제 사라지고 없다.

그녀가 사제관에 찾아왔던 날은 과수원에 우윳빛 안개가 끼었다. 위령의 날*이었고, 그는 난로에 불이 활활 타는 응접실에 혼자 있었다. 그날 그는 병원에서 청년에게 병자성사를 주고 차를 몰고 돌아와 저녁 미사를 드렸다. 혼자라는 것의 불가능함을 느끼는 그런 밤이었다. 그는 그 청년에 대해서, 또 자신역시 아직 얼마나 젊은지 생각하고 있었다. 벽난로 선반에 놓인 시계 소리가 크게 들렸다. 그는 난로에 석탄을 더 넣고 서성거렸다. 그녀가 어머니를 위해 미사지향을 넣으러 왔다. 그는 그녀에게 들어오라고, 잠시 앉으라고 했다. 그녀는 그의 기분을 상하게 하지 않으려고 계속 앉아 있는 것 같았다. 그는 그녀를 만질 생각이 전혀 없었지만 그녀가 난롯불을 물끄러미 바라볼 때 어두운 빨강 머리의 가르마를 보았다. 그는 그저 난로의 열기 때문에 그녀의 머리카락이 얼마나 뜨거운가 싶어서 손을 뻗었다. 그의 의도는 그것이 전부였지만 그녀가 그의 손짓을 오해하고 손을 뻗었다.

그들은 늘 외딴곳에서 만났다. 블랙워터나 카호어의 사나운

---

* 통상 양력 11월 2일로, 모든 죽은 사람을 위하여 미사를 올리고 기도하는 날이다.

바닷가, 아본데일의 공유지 너머 숲속. 한번은 바닷가에서 던 양을 마주쳤다. 그녀가 그들을 향해 걸어오고 있었는데 돌아서기에는 이미 늦었다. 하지만 서로 마주치기 직전에 던 양이 바다 쪽으로 방향을 바꾸었다. 그녀는 그날도, 그 이후로도 두 사람을 봤다는 티를 내지 않았다.

계절이 지나 겨울이 다시 왔다. 그들은 북쪽 멀리 사일런트 밸리까지 가서 뉴리 근처의 작은 게스트하우스에서 묵었다. 저녁 식사를 할 때 그녀가 와인 잔 자루를 만지작거리며 더 이상 견딜 수 없다고 했다. 그가 사제직을 그만두지 않는다면 이제 이런 식으로 그를 만나지 않겠다고 했다. 그들은 다음 날 아침에 집으로 돌아오는 길에 역사공원에 들러 바이킹 선박 제작소와 주택, 호상주거를 지나 결국 신석기시대 무덤까지 시대를 거슬러 걸었다. 두 사람은 조잡한 나무 배가 반쯤 물에 잠긴 인공 호숫가에 서 있었다. 수면에 민들레 씨가 잔뜩 떠 있었다. 갈대 사이로 차가운 바람이 불었지만 두 사람은 이제 그 무엇도 예전 같지 않다는 생각에 갇혀서 말이 없었다.

이제 그녀는 결혼했다. 오늘 밤 잭슨이 그녀를 신방으로 데려가서 드레스를 벗기리라. 사제는 그 남동생의 커다란 성기가, 바지에 집어넣지 못해서 낑낑거리던 모습이 아직도 눈에 선하다. 그가 강둑으로 몸을 숙여 키 큰 잡초의 머리를 몇 개

잡아 뜯는다. 이제 마을로 돌아가서 침대에 누워야 하지만 오늘 하루를 이대로 끝내고 싶지 않다. 그래서 반대 방향으로 걸어가 들판 사이의 목책을 넘는다. 그루터기만 남은 거친 땅이 사라지고 산뜻한 밀 싹이 돋는 땅이 나온다. 정말 메마른 겨울이다. 조금 더 가자 평탄한 목초지가 나오고 사방에서 양들이 풀을 뜯는다. 그렇다면 여기가 바로 레드먼드의 땅이다. 길 쪽을 올려다보니 커다란 건초 헛간 지붕이 보이고 그 밑에 이동식 주택이 하나 서 있다.

그는 이동식 주택을 보자마자 이것 때문에 여기까지 온 건 아니라고 스스로에게 말한다. 지금 그에게는 누군가가 전혀 필요 없지만 그의 발이 저절로 목초지를 가로지르며 그를 이끄는 것 같다. 커런트 덤불 너머 지붕에 가려진 곳으로 가니 땅 한 뙈기에 나무 기둥과 철망으로 만든 깔끔한 울타리가 쳐져 있다. 드릴이 깔끔하게 일렬로 정리되어 있고 갈퀴에는 아직 마르지 않은 진흙이 묻어 있다. 소박한 목재 대문을 열자 끼익 소리가 난다. 사제는 잠시 텃밭에 서서 귀를 기울인다. 안에서 아무 소리도 들리지 않아서 그는 아무도 없다고 확신하며 현관문을 두드린다. 그가 문을 두드리자마자 돌아서서 가려고 하는데 문이 열리더니 고무 샌들과 헐렁한 운동복 차림의 중국인이 서 있다.

"네." 그가 미소를 짓는다. "오세요."

사제가 뒷걸음질친다. "안녕하십니까."

"네." 중국인이 말한다.

여기 오지 말았어야 한다. 하지만 이제 와서 이 남자의 집에 들어가지 않는 것은 무례한 짓일 테다. 이동식 주택 안은 반짝반짝 빛이 난다. 잘 닦은 바닥, 희고 빳빳한 누비이불이 덮인 매트리스. 주전자에서 증기가 피어오르고 차 끓는 냄새가 코를 찌른다. 밝은 불빛은 전등갓으로 가렸다. 거의 모든 물건이 흰색이고 합판에는 페인트를 칠했다. 커다란 쿠션은 움푹 들어가 있고 책이 펼쳐져 있다.

중국인이 사제의 발을 본다. 더러운 신발을 신고 들어가는 것은 모욕이다. 사제는 신발을 벗어 밖에 두면서 발이 아프다는 사실을 깨닫는다. 중국인이 등받이 없는 의자를 꺼내 온다. 그는 손이 빠르다. 유연하고 잘생겼고, 자기 집에서 자유롭게 움직인다. 사제는 티 한 점 없이 깨끗한 창유리를 통해 강을 내다보면서 새삼 날카로운 질투를 느낀다.

"네." 중국인이 말한다. "당신 문제 있어요."

"내 문제요?"

중국인이 고개를 끄덕인다.

"난 아무 문제도 없어요." 사제가 말한다.

중국인이 웃는다. 원래 문제 있는 사람이 이렇게 말한다는
것을 그도 안다. 그가 찬장에서 유리잔을 꺼내 작은 깡통에 들
어 있던 마른 잎을 조금 넣은 다음 끓는 물을 붓는다. 유리잔
가득 물을 채워 사제에게 건넨다. 너무 뜨거워서 잡기도 힘들
다. 처음에는 잎이 둥둥 뜨지만 서서히 가라앉아 팽창한다. 차
는 맛이 쓰고 혀를 델 듯 뜨겁다.

중국인이 그를 물끄러미 바라본다. 눈을 크게 뜨고 집중하
고 있다. 그런 다음 소매를 팔꿈치까지 깔끔하게 접어 올리더
니 손을 뻗어 사제를 만진다. 다른 사람과 닿은 것은 3년 만
인데, 모르는 사람의 손이 깜짝 놀랄 정도로 부드럽게 느껴진
다. 어째서 상처보다 부드러움이 사람을 훨씬 더 무력하게 만
들까? 그의 손은 건조하고 따뜻하다. 손이 턱에서 내려와 목을
감싸자 사제는 침을 꿀꺽 삼키고 벽에 붙은 그림을 물끄러미
바라본다. 평범한 설화석고 그릇과 그 그림자가 그려져 있다.

"네." 중국인이 매트리스 쪽으로 가서 그것을 탁 친다.

"뭐요?" 사제가 말한다.

"좋아요." 중국인이 말한다. "네."

사제가 재킷을 벗고 매트리스에 눕는다. 그는 똑바로 누웠
지만 중국인의 손이 그를 뒤집는다. 양말이 벗겨진다. 엄지손
가락이 그의 엄지발가락을, 또 발뒤꿈치를 누르더니 발바닥

깊숙이 움직인다. 중국인이 알겠다는 듯 신음을 내더니 사제의 옆으로 와서 손으로 그를 두드리기 시작한다. 발목에서부터 시작해서 허벅지 뒤쪽까지 무척 끈질기게 움직인다. 엉덩이 차례가 되자 두 주먹을 살 속 깊이 찔러 넣는다. 사제는 비명을 지르고 싶지만 손이 반대편 다리로 옮겨 가더니 그의 내용물을 몸 한쪽에서 다른 쪽으로 이동시킬 수 있다는 듯이 다리에 있는 무언가를 그의 몸통으로 밀어 올린다. 사제는 저항심이 서서히 사라지는 것을 느낀다. 의지가 점차 가라앉는 익숙하고 소중한 느낌이다. 실컷 두드리라고 하자. 낯선 느낌이지만 새롭다. 그는 고개를 돌려 설화석고 그릇을 바라본다.

롤러의 딸과 보낸 파편 같은 시간들이 마음을 스친다. 그녀를 속속들이 알아가는 것이 얼마나 즐거웠는지. 그녀는 자기 인식이란 말의 너머에 존재한다고 말했다. 어떻게 보면 대화의 목적은 스스로 이미 아는 사실을 파악하는 것이라고 했다. 그녀는 모든 대화에 보이지 않는 그릇이 존재한다고 믿었다. 이야기란 그 그릇에 괜찮은 말을 넣고 다른 말을 꺼내 가는 기술이었다. 사랑이 넘치는 대화를 나누면 더없이 따스한 방식으로 스스로를 발견하게 되고, 결국 그릇은 다시 텅 빈다. 그녀는 인간 혼자서는 스스로를 알 수 없다고 말했다. 사랑을 나누는 행위 너머에 진짜 앎이 있다고 믿었다. 그는 때로 그런 그녀의 생각에 화가 났지만 그녀의 말이 틀렸음을 결코 증명할 수 없었다. 그는 응접실에서 보냈던 그날 밤을, 주근깨가 박힌 그녀의 매끄러운 팔을 기억한다. 뉴리 마을에서 그녀가 침대에 걸터앉아 그의 셔츠에 단추를 다시 달아주었던 것을 기억한다. 두 사람의 마지막이었던 다음 날 아침에 그들은 창문을 열어둔 채 침대에 누워 있었고, 그는 그녀의 주근깨가 바람에 다 날아가는 꿈을 꾸었다. 같은 날 아침 늦게 그녀가 고개를 돌리고 그를 바라보았을 때 그는 사제직을 내려놓을 수 없다고 말했다.

이제 중국인이 사제의 손을 주무르면서 뒤로 최대한 꺾자 사제는 손목이 틀림없이 부러질 것만 같다. 그런 다음 그의 머리를 들어 올리더니 점점 더 큰 원을 그리며 빙빙 돌린다. 중국인이 사제의 머리 양옆에 무릎을 대고 그의 척추 맨 아래, 꼬리뼈에서부터 몸통을 지나 무언가를 끌어온다. 뭔가 딱딱한 것이 꼼짝도 하지 않으려 하지만 중국인의 손은 신경 쓰지 않는다. 사제는 미처 마음의 준비도 되기 전에 안에서 무언가가 접히는 것을 느낀다. 해안에서 바닷물이 접히면서 또 다른 파도를 만들 때 같다. 그의 입에서 파도가 부서진다. 그녀의 이름이 끔찍한 비명처럼 터져 나오고, 다 끝난다.

가늠할 수 없는 시간이 지난 뒤 사제가 천천히 일어나 앉아서 방을 둘러본다. 중국인을, 그의 맨발을, 바닥을 바라본다. 이제 더욱 덥고 배가 고프다. 중국인은 매일 일어나는 일이라는 듯이 주전자를 다시 채우고 성냥을 켠다.

"고맙습니다." 사제가 마침내 말한다. "고맙습니다."

중국인이 새로 끓인 차를 한 잔 들고 그의 옆에 쪼그려 앉는다. 여기 자기만의 깨끗한 공간에서 행복하게 사는 사람이 있다. 자신이 하는 일을 믿고 그 일에서 즐거움을 느끼는 사람. 사제는 그에게 무언가를 줘야 한다. 주머니에 손을 넣자 롤러가 준 돈이 만져진다. 중국인은 돈을 받고 고개 숙여 인사하지만 지폐를 세지는 않는다. 부엌 식탁에 놓인 갈색 단지에 넣을 뿐이다.

사제가 벽에 걸린 그림을 가리키며 묻는다.

"이건 뭐죠?"

"오래됐어요." 중국인이 말한다.

"비어 있네요." 사제가 웃는다.

중국인은 이해하지 못한다.

"비었어요." 사제가 말한다. "가득 차 있지 않다고요."

"네." 중국인이 말한다. "당신 문제 있어요."

사제가 양말을 찾아내고 밖으로 나가서 신발을 신는다. 들판 위로 파란 밤이 어둑하게 퍼져 있다. 그는 목재 대문을 밀고 나온 다음 뒤에서 문이 닫히는 소리에 귀를 기울인다. 그가 그 자리에서 세상을 바라본다. 건조하고 기대로 가득 찬 봄이 왔다. 오리나무가 싹을 틔우면서 허연 가지가 녹빛으로 변한다. 이제 모든 것이 더 선명해 보인다. 울타리 기둥 너머에서 밤이 단단히 준비한다. 갈퀴는 무척 사랑받고 닳아서 반짝거린다.

하느님은 어디 있지? 그가 물었고, 오늘 밤 하느님이 대답하고 있다. 사방에서 야생 커런트 덤불이 풍기는 짙은 냄새가 뚜렷하다. 양 한 마리가 깊은 잠에서 깨어나 푸른 들판을 가로지른다. 머리 위에서 별들이 자기 자리를 찾아간다. 하느님은 자연이다.

그는 뉴리 외곽에서 롤러의 딸과 알몸으로 누워 있던 것을 기억한다. 홀씨가 된 그 모든 민들레 꽃을, 그리고 언제까지나 그녀를 사랑하겠다던 말을 기억한다. 그는 그 모든 일들을 온전히 기억하지만 부끄럽지 않다. 살아 있다는 것은 얼마나 이상한지. 곧 부활절이다. 해야 할 일이 있다. 성지주일 강론을 준비해야 한다. 그는 길을 향해 들판을 다시 오르며 사제로서 나무들의 라틴어를 최선을 다해 판독하는 내일의 삶에 대해서 생각한다.

검은 말

밤이면 브래디는 여자가 그의 삶으로 돌아오는 꿈을 꾼다. 그녀는 커다란 사냥용 말과 함께 마당에 있다. 웃으면서 검은 말을 칭찬한다. 그녀가 손을 뻗어 뱃대끈을 풀고 안장을 벗긴다. 말이 몸을 푸르르 털고 콧바람을 분다. 그녀가 말을 물통으로 끌고 가서 펌프로 물을 푼다. 펌프 손잡이를 누르자 끼익 소리가 나지만 말은 피하지 않는다. 고개를 숙이고 실컷 마실 뿐이다. 저 멀리 들판에서 사냥개들의 소리가 이리저리 움직인다. 꿈속에서는 브래디의 개들이다. 저 사냥개들을 불러 모아서 집으로 들여보내려면 한참 걸린다.

잠에서 깨보니 허리 밑으로는 블랙진과 작업화 차림 그대로였다. 전부 입고 있다. 그가 더듬더듬 시계를 찾아서 문자반을 눈앞으로 가져와 시곗바늘을 읽는다. 늦지 않았다. 머리 위로 전깃불이 아직도 환히 켜져 있다. 그는 자리에서 일어나 나머지 옷을 찾는다. 밖에서는 대나무 사이로 10월의 비가 후드득 내린다. 여러 해 전에 그녀의 관목과 콩의 지주대 삼아 심은 것이지만 그녀가 떠난 뒤로 그가 신경을 쓰지 않으면서 텃밭은 황량해졌다. 구름 사이로 매퀘이드네 언덕에서 브래디의 들판보다 푸른 들판을 걸어가는 남자의 형체가 보인다. 소를 일일이 세면서 몰고 가는 매퀘이드 본인이다.

브래디는 부엌으로 가서 주전자에 물을 끓이고 솥을 불에 올린다. 차를 마시면 다시 사람이 되는 기분이다. 그가 토스터 앞에 서서 손을 데운다. 지난주에 친척 아주머니가 마멀레이드를 가져다주었지만 이제 거의 바닥났다. 그는 나이프로 병에 남은 잼을 긁어모아서 먹은 다음 재킷을 걸치고 들판으로 나간다. 암소 두 마리를 들여놓고 약을 투여해야 한다. 배수로 청소도 하고 아래쪽 들판의 마가목도 베야 한다. 또 본격적인 겨울이 오기 전에 헛간 여기저기 용접하려면 하루는 족히 걸린다. 그가 남은 식빵을 길가에 던지고 밴에 시동을 건다. 날이 축축해서 다행이라는 생각도 든다.

그는 벨터벳에서 소에게 먹일 물약, 용접봉, 톱 윤활유를 산다. 이제 돈이 거의 다 떨어졌다. 망설이다가 공중전화에서 레이든에게 전화를 건다. 집에 있을 것이 뻔하다.

"집으로 와." 레이든이 말한다. "일손이 필요해."

레이든은 교사인 아내가 얼룩 하나 없이 관리하는 언덕 위의 근사한 집에 산다. 하얗게 페인트를 칠한 이층집이 강을 내려다보며 서 있다. 마당에는 밤나무 두 그루와 말 운반차가 있고, 마구간 칸마다 말이 머리를 내밀고 있다. 브래디가 차에서 내리자 건초 헛간에서 레이든이 손짓한다. 그는 뼈대가 굵고 말쑥한 남자로, 손이 무척 크다.

"어이, 브래디! 왔구먼!"

"날이 안 좋네요."

"으슬으슬하네." 레이든이 동의한다. "저기 암말한테 고삐 좀 매줄래? 난리를 칠 것 같아."

레이든이 편자를 박는 동안 브래디는 암말의 머리 쪽에 서서 붙잡는다. 레이든의 커다란 손은 능숙하다. 발굽 크기를 재고, 깎고, 끝을 다듬는다. 모루에 편자를 놓고 망치로 두드려 알맞은 크기로 만든다. 쇠못을 제자리에 넣고 단단히 박는다. 그런 다음 줄로 발굽을 갈자 발치에 부스러기가 톱밥처럼 떨어진다. 이렇게 작업을 하는 동안 갑자기 강해진 빗줄기가 아연 도금 지붕을 때린다. 브래디는 암말과 함께 헛간 지붕 밑에 서서 묘한 기쁨을 느낀다. 레이든이 마지막 발굽을 줄로 간 다음 연장을 내려놓고 비를 내다본다.

"술집에나 가야 할 날씨로군."

"너무 일러요." 브래디가 거북한 듯 말한다.

"빨리 안 가면 늦을 뿐이잖아." 레이든이 껄껄 웃으며 시선으로는 못을 찾아 땅을 훑는다.

"나도 일 좀 해야죠. 집에 할 일이 있어요." 브래디가 말한다. 그가 암말을 마구간에 넣고 문에 빗장을 지른다.

"어차피 갈 거잖아." 레이든이 말한다. "숀한테 수표를 바꿔서 돈도 줄게."

"다른 날 줘도 돼요."

"나야 상관없지. 다른 날에는 돈이 없을지도 모르지만."

레이든을 따라 시내로 돌아갈 때 브래디는 배 속이 이글거린다. 레이든은 약국을 지나 우회로로 들어가서 암스라는 가게 뒤에 차를 세운다. 문이 닫힌 것 같지만 레이든이 뒷문을 열고 들어간다. 당구대 위의 전구는 불이 꺼져 있다. 노던 사운드 라디오에서 어떤 여자가 뉴스를 읊고 있다. 키다리 컨스가 파워스 위스키를 마시면서 바 뒤쪽에 걸린 장식용 그물을 물끄러미 바라본다. 노리스와 맥필립스는 다음 경주에서 돈을 걸 말을 고르는 중이다. 덩치 숀은 카운터 뒤에 서서 빵에 버터를 바른다.

"갓 구운 빵이야, 어제 빵이야?" 레이든이 묻는다.

"마더스 프라이드 빵이에요." 숀이 고개를 들며 미소를 짓는다. "오늘의 빵은 오늘까지."

"하지만 내일 먹어도 여전히 오늘의 빵 아니야?" 술값으로 농장을 두 개나 날린 노리스가 말한다. 손이 약간 떨리는 것만 빼면 전혀 티가 안 난다.

"제일 좋은 걸로 두 잔 줘, 숀." 레이든이 말한다. "그리고 저 상놈은 신경 쓰지 마."

"몇 년째 신경 써주고 있는데," 노리스가 말한다. "이제 와서 그만두진 않겠지."

숀이 파인트 잔을 탭에 가져다 댄다. 레이든이 그에게 수표를 주면서 잔돈은 브래디에게 주라고 말한다. 흑맥주를 가만히 놔두니 검은 액체가 크림에서 분리되어 서서히 내려앉는다.

"그건 그렇고, 암말에 편자를 달고 오는 길이야."

"말은 괜찮았어요?"

"난리였지." 레이든이 말한다. "여기 브래디가 안 도와줬으면 아직도 달고 있었을걸."

"젊은 애들이나 하는 일이야." 맥필립스가 말한다. "나도 팔

팔할 때는 편자를 직접 씌웠지."

"파인트 세 잔만 마시면 안 해본 일이 없지." 노리스가 말한다.

"두 잔 마시면 못 할 일이 없고!" 레이든이 한술 더 뜨며 말한다. "안 그래, 숀?"

"숀은 빼주세요." 바텐더가 친근하게 말한다.

노리스가 브래디를 본다. "내 눈이 이상한 거야, 아니면 진짜 살이 빠진 거야?"

브래디가 고개를 젓지만 손을 벨트로 가져간다.

"살쪘는데요."

덩치 숀이 랩으로 샌드위치를 싸서 냉장고에 넣는다. 브래디가 손을 뻗어 잔을 잡는다. 손에 쥔 잔이 차갑다. 이 시간에 술을 마시다니 안 될 일이다. 흑맥주가 쓰다.

"블랙커런트 리큐어 한 방울 있어, 숀?"

"그걸로 뭐 하게?" 레이든이 묻는다. "멀쩡한 맥주 맛만 망치지."

브래디가 흑맥주를 길게 한 모금 마신다. "적어도 멀쩡한 발굽 네 개는 안 망쳤잖아요." 그가 마침내 제 목소리를 되찾고 말한다.

다들 웃는다.

"그래?" 레이든이 미소를 지으며 말한다. "네가 뭘 알겠어?

모너핸에는 짐마차 말밖에 없는데."

"좋은 짐마차 말도 편자가 필요하죠." 브래디가 말한다.

"캐번은 도로에 구멍이 많아서 다 헐잖아." 뉴블리스 출신인 맥필립스가 말한다.

"바로 그거지!" 노리스가 외친다.

농담이 시들해지자 맥필립스가 돈을 걸러 간다. 이제 뉴스가 끝나고 숀이 라디오를 끈다. 이 침묵은 모든 침묵과 마찬가지다. 다들 조용해져서 좋아하면서도 침묵이 오래가지 않을 것이 뻔해서 좋아한다.

모두가 자리에 앉아 있는데 레이든이 콧구멍을 벌름거린다.

"누가 엘비스 무덤이라도 팠어?"

"세상에!" 갑자기 정신을 차린 키다리 컨스가 외친다. "이 정도 냄새면 지빠귀도 쓰러지겠네."

레이든이 꿀꺽꿀꺽 파인트 잔을 절반이나 비운다. 편자를 박느라 갈증이 난 것이다. 브래디는 돈만 받고 가버리고 싶지 않아서 한 잔 더 주문한다.

* * *

거리로 나오니 학생들이 갈색 종이봉투에 담긴 칩을 먹고 있다. 양파 튀김 냄새, 뜨거운 기름과 식초 냄새가 난다. 날은 더 어두워졌고 아직도 비가 내린다. 브래디가 식당으로 들어가자 카운터의 여자가 고개를 든다. "대구랑 감자튀김 드려요?"

"네." 브래디가 고개를 끄덕인다. "차도 주세요."

그가 창가에 앉아 바깥을 가만히 바라본다. 먹구름이 단층집들 위를 미끄러지듯 지나간다. 그는 쿠트힐에서의 그날 밤을 다시 생각한다. 화이트호스White Horse 호텔 나이트클럽에 북부 출신 밴드가 왔다. 두 사람은 무대에서 멀찍이 떨어진 자리에 앉아 이야기를 나누었다. 그녀에겐 한 살짜리 서러브레드 한 마리와 훌륭한 사냥꾼이 될 것 같은 세 살짜리 말 한 마리가 있었다. 그녀가 이야기할 때 머리카락 사이로 초록색 스포트라이트가 반짝였다. 두 사람은 춤도 조금 췄고 그녀는 와인을 한 잔 마셨다. 나중에 그녀가 그를 집으로 초대했다. 당신이 감자튀김을 가져오면 내가 불을 피우고 주전자를 올릴게요. 그들은 타오르는 난로 앞에서 저녁을 먹었다. 식탁에 노란 식탁보가 깔려 있었다. 그녀가 고리버들 매트를 깔고 소금과 후추, 따뜻한 접시를 내놓았다. 포크와 나이프가 은빛으로 반짝였다. 그녀의 침실에는 디오더런트 향기가 맴돌았고 작은 촛불이 켜져 있었다. 커튼 너머로 전조등 불빛이 지나갔다. 새벽에 그가 잠에서 깨보니 그녀가 그의 가슴에 손을 얹고 잠들어 있었다. 당시 그는 레이든 밑에서 일하고 있었다. 그날 아침, 그는 중심가로 가서 우유와 얇게 저민 햄을 샀고, 남자가 된 기분이 들었다.

식당 여자가 그의 음식을 가지고 온다. 브래디는 앞에 놓인 음식을 먹고, 돈을 내고, 거리를 마주 본다. 밴을 어디에 세워 놨는지 기억해 낼 때까지 잠시 시간이 걸린다. 그는 과일과 채소를 파는 가판대, 시들시들한 꽃이 담긴 양동이, 크리스마스 카드 상자, 빨간색과 노란색 조각이 흔들리는 장식용 끈을 지나친다. 호텔 앞을 지날 때 아는 노래가 흘러나오지만 제목이 기억나지 않는다. 그는 걸음을 멈추고 귀를 기울이다가 어느새 안으로 들어가 맥주를 한 잔 주문하고 있다. 이제 이날은 그의 것이 아니다. 노래가 몇 곡 더 나온다. 어느 순간 그가 고개를 들자 검정색 정장을 입은 매퀘이드와 그의 아내가 보인다. 매퀘이드가 브래디를 알아보고 고개를 끄덕인다. 곧 파인트를 한 잔 보낸다. 브래디의 입술에 닿는 흑맥주는 마지막으로 마셨던 것보다 차갑다.

"용맹한 브래디 아니야! 집에 간다고 하지 않았나?" 레이든이다. 그가 브래디를 쓱 보더니 표정을 바꾼다. "뭐가 그렇게 힘들어?"

브래디가 고개를 젓는다.

레이든이 매퀘이드를 본다. 웨이트리스가 냅킨과 스테이크 용 나이프를 나른다.

"신경 쓰지 마." 그가 말한다. "무슨 상관이겠어. 우리가 죽어 없어진 뒤에도 땅은 그대로 남아 있을 거야. 우리야 땅을 빌려 쓰는 것밖에 더 돼?"

브래디가 고개를 끄덕이고 술을 주문한다. 레이든이 의자를 바짝 끌어당기고 맥주가 가라앉기를 기다린다. 브래디는 들어 온 것이 후회될 지경이다. 술이 다 가라앉자 레이든이 잔 받침 에 내려놓고 빙글빙글 돌린다.

"땅이야 아무려면 어때. 놓쳐서 아쉬운 건 여자지." 그가 도 움이 되지도 않는 말을 한다. "여기 이 동네까지 굴러들어 온 여자 중에서 제일 괜찮았는데."

"네." 브래디가 말한다.

"그런 여자를 가질 수만 있다면 오른팔을 기꺼이 내놓을 남 자도 있을걸." 레이든이 가까이 다가와 브래디의 팔을 잡으며 말한다.

"그렇겠죠, 네."

웨이트리스가 지글지글 끓는 접시를 두 개 들고 지나간다.

"도대체 어떻게 된 거야?" 레이든이 묻는다.

브래디는 의자에 뿌리라도 내린 기분이다. 그 당시에는 힘든 날도 있었지만 단 하루도 허투루 보낸 적이 없었다. 그가 시선을 피한다. 침묵이 피어오른다. 그가 잔을 들었지만 삼킬 수가 없다.

"말馬 때문에요." 그가 마침내 말한다.

"말?"

레이든이 그를 보지만 브래디는 더 이야기하고 싶지 않다. 말 이야기를 꺼낸 것만으로도 이미 선을 넘었다.

"말이 어쨌는데?" 레이든이 끈질기게 묻다가 잠시 시선을 돌려 브래디에게 숨 쉴 여유를 준다.

"어느 날 밤에 집에 갔더니 나한테 장도 보고 공과금도 내라고 하잖아요. 외식도 시켜달라고 하고."

"그래서 뭐라고 했어?"

"꺼지라고 했죠!" 브래디가 말한다. "말을 다 내쫓을 거라고 했어요."

"끔찍하군." 레이든이 말한다. "한잔 걸쳤었어?"

브래디가 주저한다. "아주 조금."

"누구든 무슨 말을 못 하겠어, 그냥 하는 말이지—"

"내가 밖으로 나가서 대문을 열고 말을 쫓아냈어요." 브래디가 말한다. "그녀가 기회를 한 번 더 줬지만 예전 같지 않았죠.

예전과 전혀 달랐어요."

"세상에." 레이든이 몸을 물리며 말한다. "자네한테 그런 면이 있는지 몰랐군."

* * *

브래디는 문 닫는 시간이 훨씬 지난 다음에야 밴을 찾아낸다. 그는 운전석에 올라 한적한 뒷길을 통해서 집으로 간다. 괜찮을 것이다. 경찰은 그를 알고 브래디도 경찰을 안다. 그의 차를 세울 일은 없을 것이다. 뒷길 양옆에는 크고 축축한 나무와 전봇대가 늘어서 있고 전선이 덜렁거린다. 브래디는 차선을 지키며 낙엽 사이로 차를 몬다. 현관문에 도착하니 빵이 현관 앞 계단에 그대로 있다. 개가 집에 돌아오지 않은 것이다. 하지만 아침이면 새들이 다 먹어치우고 없으리라. 그는 부엌 식탁과 나이프가 꽂힌 빈 병을 흘긋 보고 계단을 올라간다.

그가 침대에 들어가 점퍼를 벗는다. 신발도 벗고 싶지만 두렵다. 신발을 벗으면 아침에 절대 다시 신지 못할 것이다. 그는 이불 밑에서 몸을 웅크리고 커튼이 없는 창문을 바라본다. 이제 겨울이다. 저 밖에서 뭘 하는 걸까? 텃밭에서 바람이 피리 소리 비슷한 끔찍한 소리를 내고 어딘가에서 짐승이 울부짖는다. 그는 매퀘이드의 개가 내는 소리이기만을 바란다. 브래디는 침대에 누워서 눈을 감고 오직 그녀만을 생각한다. 심장박동이 느껴진다. 곧 그녀가 돌아와서 그를 용서하리라. 굴레가 다시 옷걸이에 걸리고 식탁에 식탁보가 깔리겠지. 그의 마음속에서 은빛이 잠시 번쩍한다. 잠이 그를 덮칠 때 이미 그녀가 거기 있다. 그녀가 창백한 손을 그의 가슴에 올리고, 그녀의 검은 말이 그의 들판에서 다시 풀을 뜯는다.

삼림 관리인의 딸

삼림 관리인 디건은 자식들의 생일을 기억하는 남자가 아닌 데다 마녀처럼 자기 엄마를 쏙 빼닮은 막내딸의 생일은 더욱 그렇다. 그는 가끔 딸에 대한 의심이 머리를 스쳐도 깊이 생각하지는 않는다. 사실 디건은 뭐든 깊이 생각할 시간이 없다. 아하울에는 10대 아이가 셋이나 있고, 소 젖도 짜야 하고, 담보 융자도 있다.

디건이 고생을 자처한 면도 있었다. 아버지가 세상을 떠나면서 아들들에게 이 집을 남기자 서른 살도 안 된 디건은 땅을 저당 잡히고 돈을 빌려서 형제들의 몫까지 샀다. 디건과 야망이 달랐던 형제들은 돈이 생기자 기뻐하며 더블린으로 가서 각자 삶을 꾸렸다. 은행이 토지 문서를 가져가기 전날 밤, 디건은 남향의 멋진 목초지를 걸어다녔다. 땅을 저당 잡힌다는 사실이 가슴 아팠지만 다른 방법이 보이지 않았다. 그는 프리지안 젖소를 사고 전기 울타리를 치고 착유장을 만들었다. 그러고서 곧장 신붓감을 찾으러 코트타운 항구로 갔다.

그는 일요일 오후에 타라 무도회장에서 마사 던을 발견했다. 디건은 수염을 다듬고 파란색 핀스트라이프 정장을 입고 앉아서 골반이 넓은 이 여자가 모르는 사람의 품에서 과감하게 8자를 그리며 춤추는 모습을 지켜보았다. 피부가 접시처럼 매끈했고, 둘이서 왈츠를 출 때 그녀의 향기를 맡으니 불붙은 가시금작화가 떠올랐다.

밴드가 마지막 곡을 연주할 때 디건이 그녀에게 다시 만나줄 거냐고 물었다.

"아, 싫어요." 그녀가 말했다.

"싫다고요?" 디건이 말했다. "안 될 거 없잖아요?"

"내 생각은 달라요."

"알겠어요." 디건이 말했다.

그러나 디건은 알지 못했고, 단지 그 이유 때문에 끈질기게 굴었다. 다음 일요일에 그는 코트타운에 다시 가서 호텔에서 혼자 식사 중이던 마사를 찾아냈다. 그는 묻지도 않고 그녀의 옆에 앉아서 말동무를 해주었다. 그녀가 식사하는 동안 그는 날씨가 좋다는 말로 대화를 시작해서 신문 헤드라인에 대해서 얘기하다가 결국 아하울 이야기를 했다. 그는 자기 집을 설명하면서 거기서 마사가 스웨덴순무에 버터를 바르고, 그의 바지에 헝겊을 대서 기우고, 그의 셔츠를 빨랫줄에 너는 모습을 상상하기 시작했다.

몇 달이 지났고, 그저 습관 때문에 두 사람은 계속 만났다. 디건은 늘 그녀를 데리고 식사를 하러 갔다가 춤을 추러 갔고, 그녀의 입에 들어가는 것은 무엇이든 자기가 샀다. 가끔 두 사람은 바다 쪽으로 산책을 갔다. 해변에서 갈매기 발자국이 한동안 이어지다가 사라졌다. 디건은 발밑에서 느껴지는 모래의 감촉이 싫었지만 마사는 느긋하게 걸었고 갈색 눈은 흔들림이 없었다. 그녀는 해안을 따라 걷다가 가끔 몸을 숙이고 조개껍데기를 주웠다. 마사는 스스로에게 불만은 없지만 말을 더디하는 여자였다. 디건은 그녀의 침묵을 정숙함으로 착각했고, 구애를 시작하고 1년도 되지 않아서 청혼했다.

"나랑 결혼하는 거 생각해 볼래요?"

이 질문이 공중에 떠 있는 동안 마사는 망설였다. 디건은 오락실을 등지고 서 있었다. 그의 등 뒤로 불빛이 너무 밝아서 마사는 그가 잘 보이지 않았다. 그녀의 눈에 보이는 것은 슬롯머신과 가끔 넘치는 동전을 조금 밀어내서 누군가 돈을 따게 해주는, 동전이 가득 쌓인 선반밖에 없었다. 밴에서 아이가 솜사탕을 향해 손을 뻗었다. 사람이 점점 줄고 있었다. 여름이 끝나는 중이었다.

마사의 본능은 거절하라고 말했지만 그녀는 서른 살이었고, 지금 싫다고 대답하면 두 번 다시 이런 질문을 못 받을지도 몰랐다. 디건에게 확신이 없었지만 그 말고는 결혼 이야기를 꺼내는 남자가 없었으므로 마사는 나름의 논리에 따라 빅터 디건이 그녀를 사랑하는 것이 분명하다는 결론을 내리고 그의 제안을 받아들였다. 그 후 오랜 세월 동안 디건은 생각하지 못했지만 사실은 그녀를 사랑했고, 역시 생각 못 했지만 그 사랑을 보여주었다.

다음 해 봄, 새들이 딱 맞는 가지를 찾아다니고 크로커스 싹이 풀을 헤치며 열심히 올라올 때 두 사람은 결혼식을 올렸다. 마사는 디건이 장황하게 이야기했던 집으로 이사했지만 아하울은 어둑하고 쓰지 않는 방들과 삐걱거리는 가구로 가득했다. 더러운 나일론 커튼이 창유리에 들러붙었다. 나무 바닥에 양탄자도 없고 천장에는 나무좀이 가득했지만, 살림에 관심이 없는 마사는 별로 신경 쓰지 않았다. 그녀는 느지막히 일어나서 문간에 서서 차를 마시고 여행 가방을 싸듯이 식사를 대충 차렸다. 디건은 종종 일을 마치고 마사가 따뜻한 식사를 준비해 놓았기를 기대하며 집으로 돌아왔지만 텅 비어 있을 때가 더 많았다. 몸을 숙여 오븐을 들여다보면 커다란 에나멜 접시에 튀긴 감자와 달걀 두 개가 말라붙어 있었다.

마사는 부츠를 신고 나가서 양파를 심을 고랑을 만들거나 길가의 쐐기풀 베는 것을 더 좋아했다. 디건은 숲에서 발견한 묘목과 당단풍, 마로니에를 그녀에게 가져다주었고 마사는 관목 사이사이에 그것들을 심었다. 그녀는 로드아일랜드레드 암탉 스물네 마리와 수탉 한 마리를 동무 삼아 데리고 다녔다. 가끔 헛간에 서서 씨앗을 쪼는 닭들을 바라보며 행복감을 느끼다가도 이내 자신이 행복하지 않다는 사실을 깨닫곤 했다.

1년이 지나기도 전에 그녀는 결혼 생활의 공허함을 쓰라리게 느꼈다. 침대를 정리하는 공허함, 커튼을 치고 여는 공허함. 이제 마사는 결혼하기 전 그 어느 때보다도 외로웠다. 아하울 주변에는 그녀가 재미를 느낄 만한 것이 거의, 아니 하나도 없었다. 마사는 매주 자전거를 타고 시내에 나갔지만 파크브리지는 우체국 하나와 술집 겸 가게 하나가 전부였고, 가게 주인은 궁금한 게 많은 사람이었다.

"빅터는 잘 지내요? 대단한 사람이야, 일을 참 열심히 하지.

발밑에 풀도 안 날걸."

"거기서 사니까 좋지요? 좋은 집이잖아."

"빅터가 당신을 어디서 찾아냈죠? 코트타운인가? 당신을 만나러 거기까지 가다니 참 멀리도 갔네."

어느 목요일에 마사가 자전거를 타고 장을 보러 가려고 할 때 낯선 사람이 트레일러를 끌고 나타났다. 코밑수염을 빽빽하게 기른 길쭉한 풀잎 같은 남자가 마당 한가운데 트레일러를 세우고 현관문으로 성큼성큼 걸어왔다.

"혹시 장미 좋아하세요?"

낯선 사람은 트레일러에 온갖 식물을 싣고 왔다. 장미 덤불, 싹이 튼 단풍나무, 빅토리아 자두 나무, 라즈베리. 4월 말이었다. 마사가 뭘 심기에는 너무 늦었다고 말했지만 외판원은 안다고, 그러니 강요하지는 않겠다고 말했다. 그녀는 장미가 얼마인지 물었고, 가격이 적절한 것 같았다. 두 사람은 차를 마시면서 채소에 대해 이야기를 나누며 감자를 캐는 건 정말 마법 같다고, 얼마나 열렸을지 알 수 없다고 말했다. 외판원이 떠나자 그녀는 날끝이 뾰족한 삽으로 닭똥을 모으고 현관문 양쪽 옆에 장미 덤불을 일렬로 깊이 심었다. 여기 심으면 장미가 창문을 타고 오르게 할 수 있었다.

디건이 집에 오자 그녀는 무슨 일이 있었는지 이야기했다.

"장미에 내 돈을 썼다고?"

"당신 돈?"

"내가 대체 어떤 멍청이랑 결혼한 거지?"

"내가 멍청이라는 거야?"

"아니면 뭐야?"

"당신이랑 결혼한 걸 보니 멍청이 맞네."

"그래?" 디건이 턱수염을 떼어낼 듯이 잡았다. "빠듯한 시기가 아직 안 끝났어. 당신이 날이면 날마다 여기 가만 앉아 있는 것만으로도 충분해. 이 집에 한 푼도 보탠 거 없잖아. 일하는 남자 저녁으로 말라비틀어진 감자는 부족하다고."

"그렇게 못 봐줄 꼴은 아닌데."

사실이었다. 디건은 살이 쪘고, 남자들이 결혼하면 그렇게 되듯 혈색이 아주 좋았다.

"그렇다 해도 당신 덕분은 아니야." 디건은 이렇게 말하고 우유를 짜러 갔다.

그해 여름에 마사의 장미는 진홍색으로 피어났지만 오래지 않아 바람에 꽃이 송이째 다 떨어졌고, 마사는 실수를 저질렀음을 깨달았다. 그녀가 가진 것은 결혼한 뒤로 거의 말도 하지 않는 남편과 빈집뿐이었고, 자기 앞으로 들어오는 수입도 없었다. 마사는 사랑하지도 않는 남자와 결혼했다. 무엇을 기대했을까? 그녀는 감정이 점점 크고 깊어져서 사랑이 될 줄 알았다. 지금 마사는 친밀함을, 오해를 뛰어넘는 대화를 간절히 원했다. 일을 찾아볼까도 생각했지만 이미 늦었다. 조금 있으면 아이가 태어날 참이었다.

마사는 자기가 낳은 아이들을 무심하게 키웠고 나무 숟가락보다 날카로운 것으로 위협한 적도 없었다. 첫아이를 품에 안았을 때 그녀의 웃음소리는 덤불에서 날아오르는 꿩 같았다. 아들은 명민한 아이였고 크게 자랐지만 농사에 대한 그라*가 없음이 곧 드러났다. 아들이 암소 앞에 앉으면 젖이 도로 들어가서 뿔까지 도망가는 듯했다. 아들은 가끔 더블린에 가서 만나는 삼촌들을 존경했고, 아이에게 일손을 거들게 하는 것은 고역이었다. 기회가 보이자마자 떠날 것이 분명했다.

둘째는 모자랐다. 아름답고 파리한 남자아이로, 껍질 같은 진갈색 머리카락 속에 숨은 초록색 눈으로 빤히 쳐다보곤 했다. 둘째는 학교에 가지 않았지만 자기만의 세상에서 살았고 진실을 말하는 무서운 습성이 있었다.

머리가 좋은 아이는 막내딸로, 어린 시절이 건너기 쉬운 따뜻한 물웅덩이라도 되는 것처럼 그 시기를 지났다. 딸아이는

---

*   grá. 아일랜드어로 '사랑'이라는 뜻.

스쿨버스가 도착하기도 전에 숙제를 끝냈고 고기를 먹지 않으려 했으며 동물을 다룰 줄 알았다. 다들 황소가 사는 들판에 들어가는 것을 무서워했지만 여자애는 들판을 가로질러 코뚜레를 빼줄 수도 있었다. 그리고 딸아이는 오빠를, 모자란 오빠를 좋아했다. 항상 오빠를 열심히 구슬려서 아무도 그 아이가 할 수 있으리라 생각하지 않은 일들을 하게 만들었다. 딸아이는 오빠에게 매듭을 짓는 법과 고리 던지는 법, 성냥을 켜는 법과 자기 이름 쓰는 법을 가르쳤다.

아주 드문 일이었지만 이웃 사람이 찾아오면 마사가 이야기를 들려주었다. 사실 그녀는 이야기를 제일 잘했다. 그런 드문 밤이면 이웃들은 그녀가 허공에서 무언가를 잡아채듯 문득 떠올리고는 눈앞에서 그것을 깨뜨려 여는 모습을 지켜보았다. 그들이 집으로 돌아갈 때 기억에 남는 것은 늘 인상적이었던 낡고 멋진 집도, 그 집을 소유한 걱정스러운 표정의 남자도, 별난 10대 아이들도 아니고, 밤이 깊어질수록 진갈색 머리카락이 점점 헝클어지는 여자와 있을 법하지 않은 이야기를 잡아채는 그녀의 창백한 손이었다. 그녀가 난롯가에서 들려주는 이야기는 초록색 자두처럼 점점 무르익었다. 그 이야기를 듣고 나면 가끔 밤 속으로 나가기가 무서워졌기 때문에 길이 끝나는 곳까지 디건이 그들을 데려다주어야 했다. 그런 밤이 끝나면 그는 항상 여자를 침대로 데려가서 그녀가 다른 누구도 아닌 자신의 것임을 그녀뿐만 아니라 자기 자신에게도 확인시켰다. 그는 가끔은 그녀가 이야기를 잘하는 것이 그 때문이라고 믿었다.

그러나 어느 집에나 그렇듯이 이 집에도 월요일이 왔다. 새벽이 피처럼 붉은빛이든, 축축한 비가 오든, 재와 같은 회색빛이든 디건은 침대에서 일어나서 차가운 바닥에 맨발을 딛고 옷을 입었다. 종종 팔다리가 뻣뻣한 느낌이 들었지만 그는 아무런 불평 없이 우유를 짜고, 아침 식사를 하고, 일하러 갔다. 그는 종일 일했고 하루가 무척 길 때도 있었다. 저녁이 되어 다시 암소를 보살피는 동안 눈이 제멋대로 감기면, 그는 차를 몰고 언덕으로 올라가서 불 켜진 창문과 굴뚝에서 엄니처럼 피어오르는 연기를 보면서 자기 일이 무의미하지 않다고 확인하며 위안을 얻었다. 그가 은퇴하기 전에 은행이 토지 문서를 돌려주면 마침내 아하울은 그의 소유가 될 것이었다.

집이 골짜기에 서 있고 벽이 기껏해야 판지 두께라는 사실은 중요하지 않았다. 부모님이 죽고 형제들이 떠나자 디건은 감상적인 기분이 들었다. 그가 기억하는 것은 어린 시절 내내 어머니가 커튼을 친 방에만 누워 있었다는 사실이나 아버지가 네 멋대로 굴지 말라며 매를 들던 밤이 아니라 더 간단한 것들, 명백한 사실이었다. 아하울 길가에 일렬로 늘어선 오크 나무는 증조부가 심었다. 아이들이 그네를 아무리 높이, 아무리 세게 타도 가지가 부러지는 일은 절대 없을 것이다. 남들에게 말하지 않았지만 그는 알았다. 이 땅이 아내와 자식들보다 더 큰 만족감을 준다는 것을.

디건은 이제 중년이다. 이쯤 되면 어떤 사람은 인생의 많은 부분이 끝났다고, 한정된 선택지 안에서 살아야 하는 내리막 길밖에 남지 않았다고 생각하지만 그는 다르다. 디건에게 은퇴는 그가 감수한 모든 위험에 대한 보상이다. 연금이 나올 때쯤이면 자식들은 다 컸으리라. 그는 집에서 쓸 쇼트혼 소 한 마리만 데리고 아하울에서 사는 모습을 그려본다. 그는 내킬 때 일어나서 돌을 정리하고 과수원 담벼락을 손볼 것이다. 삽을 꺼내서 오크 나무도 더 심을 테다. 돌담이, 오크 나무의 파란 그림자가 벌써부터 느껴진다. 첫째는 결혼해서 아이들을 낳아 성을 물려줄 것이다. 하지만 그때까지, 일찌감치 은퇴해서 그토록 갈망하는 편안한 삶으로 물러날 때까지 디건은 자식들을 키우고 생활비를 내고 한참 일해야 한다.

* * *

비 오는 어느 날 디건은 쿨라틴 너머의 숲에서 더글러스 전나무의 가지치기를 하다가 사냥개를 마주친다. 이 리트리버는 나무 밑에서 밤을 보냈고, 이탄지에서 조랑말 여러 마리에게 쫓기는 꿈을 꾸다가 사실 삼림 관리인 때문에 깼다. 리트리버는 처음에 낯선 사람의 존재 때문에 어리둥절하다가 주변을 둘러보고 어제를 기억해 낸다. 오도넬이 개에게 총을 쏘려고 했지만 그러고 보면 그는 항상 조준 솜씨보다 분노가 더 날카로웠다. 못난 사냥꾼이 자기 개를 탓하는 뻔한 경우였다. 수염을 길렀고 송진과 우유 냄새밖에 안 나는 낯선 사람이 리트리버를 내려다보면서 버터 바른 빵을 내밀고 있다. 개는 빵을 먹고서 낯선 사람이 자신을 쓰다듬도록 놔둔다.

디건이 이러는 것은 잘생긴 개라서 언젠가—주인이 찾으러 오지만 않으면—좋은 기회가 생길지도 모르기 때문이다. 등털이 옅은 금빛 물결 같다. 주둥이가 차갑고 갈색 눈은 명민하다. 저녁이 되자 디건은 개를 차에 태우려고 구슬릴 필요가 없다. 알아서 차에 뛰어올라 앞발을 대시보드에 얹는다. 햇살이 개의 털에 내리쬐고 바람이 개의 귀를 펄럭이는 가운데 둘은 실레일리를 향해 언덕을 내려가 탁 트인 도로를 달린다.

아하울에 도착하자 디건은 평소처럼 천국으로 연기를 뿜는 자기 집을 보며 반가움을 느낀다. 그렇다고 해서 천국을 믿는 것은 아니지만. 디건은 종교적인 사람이 아니다. 그는 이 세상

너머에 아무것도 없음을 안다. 신은 한 남자가 자기 아내와 땅을 다른 남자로부터 안전하게 떼어놓기 위해 만든 것이다. 그러나 디건은 항상 미사에 참석한다. 그는 이웃의 평판이 어떤 힘을 갖는지 알기 때문에 일요일 미사에 빠졌다는 소문이 퍼지게 하지는 않을 것이다. 가을이다. 마당에서 갈색 오크 나무 잎이 경련하듯 바스락거린다. 녹초가 된 디건은 처음 눈에 띈 아이에게 개를 준다. 우연히도 그 아이가 바로 막내이고, 우연히도 그날이 딸의 생일이다.

그렇게 해서 아버지에게 따뜻한 말 한마디 들어본 적 없는 딸은 리트리버를 끌어안으며 디건이 어쨌든 딸을 사랑할지도 모른다는 가능성도 같이 받아들인다. 순진하면서도 직감이 뛰어난 꾀 많은 딸이 노란 원피스를 입고 서서 디건에게 생일 선물을 주어 고맙다고 말한다. 이 말을 듣자 디건은 왠지 가슴이 아프려고 한다. 어쨌거나 딸아이도 사람이다.

"가만 보자." 그가 말한다. "좀 컸니?"

"이제 열두 살이에요." 아이가 말한다. "의자 없이도 서랍장 제일 위 칸에 손이 닿아요."

"그래?"

"엄마가 그러는데 내가 아빠보다 더 크게 자랄 거래요."

"물론 그렇겠지."

마사가 암탉들에게 보리를 던져 주다가 두 사람의 대화를 듣고 알아차린다. 빅터 디건은 아이의 생일이라고 주머니에서 돈을 꺼낼 사람이 절대 아니다. 리트리버를 어딘가에서 데려왔나 보다. 카드 게임에서 땄을지도 모르고 길에서 발견한 떠돌이 개일지도 모른다. 하지만 제일 아끼는 아이가 행복해 보여서 그녀는 아무 말도 하지 않는다.

마사는 아직 행복이 기억날 만큼 젊다. 이 아이가 생긴 날이 떠오른다. 아침에는 2월의 험한 하늘에 구름이 걸려 있었고 날이 갤 기미는 없었다. 그녀는 착유장에 내리쬐던 아침 햇살, 헛간에 비를 뿌리던 바람, 디건의 손에 비하면 너무나 부드럽고 낯설게 느껴지던 외판원의 손을 기억한다. 그는 서두르지 않았고, 밀짚에 누워서 그녀의 눈이 젖은 모래 색이라고 말했다.

그때 이후 그녀는 그날 둘째가 어디 있었을까 종종 궁금했다. 디건이 오지는 않을까, 그 생각만 하느라 정신이 없었기 때문이다. 집으로 돌아온 디건은 식탁 앞에 앉아서 언제나처럼 저녁 식사를 한 다음 더 없냐고 물었다. 마사는 피가 비치기를 기다렸지만 예정일에서 아흐레가 지나자 포기하고 이웃 사람들을 집으로 불러서 이야기를 들려주었다. 그 밤이 어떻게 끝날지 알았다. 그 부분은 쉽지 않았다.

하지만 전부 지난 일이다. 지금 그녀의 딸은 가을 마당에 앉아서 리트리버의 입속을 들여다보고 있다.

"혀에 까만 반점이 있어요, 엄마."

확실히 특이한 아이였다. 마사의 막내딸은 죽은 나비의 장례를 치러주고, 장미꽃을 먹고, 소가 지나다니는 길 웅덩이에 갇힌 올챙이를 건져다가 다리가 자라도록 연못에 놔준다.

"남자예요, 여자예요?"

마사가 리트리버를 뒤집어 본다. "남자야."

"저지Judge라고 부를래요."

"너무 정 주지 마."

"왜요?"

"음, 누가 돌려달라고 하면 어쩌니?"

"무슨 말이에요, 엄마?"

"나도 모르겠다." 마사가 말한다.

그녀는 남은 보리를 땅에 뿌리고 삶은 감자를 건지러 안으로 들어간다.

디건이 식사를 하는 동안 저지가 마당을 탐색한다. 확실히 좋은 곳이다. 착유장에 가니 강철에 자신의 모습이 비치고, 뒤늦게 낳은 달걀이 하나 남은 텅 빈 닭장과 건초가 가득한 헛간이 있다. 개는 길을 따라가며 오크 나무 줄기 높직한 부분에 오줌을 싸고, 똥을 싸고, 낙엽을 발로 찬다. 소똥 위에서 구르고 싶은 충동을 억누르기 힘들지만 여기는 개를 안에서 재울 법한 집이다. 개는 한참 동안 서서 연기를 바라보며 자신이 처한 상황을 가늠한다. 오도넬이 한창 찾아다니고 있을 것이다. 저지가 이탄을 물고 안으로 들어간다. 말없이 식사 중이던 디건 가족이 개를 바라본다. 무슨 말을 하기도 전에 개가 이탄을 난롯가의 양동이에 넣더니 또 가지러 나간다. 양동이가 가득 찰 때까지 멈추지 않는다. 디건 가족이 웃는다.

"직접 안 본 사람은 못 믿을 거야." 디건이 말한다.

"이 개 어디서 찾아냈어?" 마사가 말한다.

디건이 그녀를 보고 고개를 젓는다. "찾아내다니? 숲에서 같이 일하는 사람한테서 샀어."

딸이 저지에게 생일 케이크를 한 조각 주고는 남은 감자에 버터를 섞어서 문간에서 개에게 먹인다.

식구들이 마당 저 아래쪽에서 우유를 짜는 동안 마사가 밖으로 나온다. 맑은 저녁이다. 하늘에 이른 별이 몇 개 나와서 자기들 마음대로 반짝인다. 그녀는 개가 그릇을 깨끗이 핥는 모습을 지켜본다. 이 개가 딸의 마음을 아프게 할 것이다. 확실하다. 개를 쫓아버리고 싶다는 생각이 최근 그녀가 느낀 어떤 감정보다 강렬하다. 내일 딸이 학교에 간 사이 개를 없애야겠다. 숲으로 데리고 가서 돌을 던지고 집으로 돌아가라고 해야

겠다. 리트리버가 입술을 핥고 고마운 표정으로 마사를 바라
본다. 그런 다음 그녀의 무릎에 발을 올린다. 마사가 개를 보고
그릇에 우유를 채워준다. 그날 밤 마사는 자러 가기 전에 낡은
깃털 이불을 찾아서 누가 개의 꼬리를 밟지 않도록 식탁 밑에
잠자리를 만들어준다.

저지는 새로운 침대에서 몸을 굴려 등을 대고 누워서 식탁
밑 서랍장을 바라본다. 이 집은 좀 다르지만 디건은 기회가 생
기자마자 개를 팔 것이다. 여자 쪽은 이해가 된다. 자기 새끼를
보호하려는 암컷일 뿐이다. 제일 큰 애는 혼자 조용히 지낸다.
가운데 아이한테서는 한 번도 맡은 적 없는 냄새가 난다. 돼지
풀에 가까운, 동물보다 식물에 가까운 냄새다. 뭔가를 물으려
고 땅을 파면 나오는 뿌리처럼 말이다. 낯선 곳에서 저지는 경
계를 늦추지 않고 힘을 다해 잠과 싸우지만 부엌의 어둠과 난
로의 열기는 지금까지 알던 그 어떤 안락함과도 다르고, 깨어
있으려는 의지가 곧 흔들린다. 저지는 자면서 두 번째 젖꼭지
에서 젖을 찾는 꿈을 다시 꾼다. 저지의 어미는 티나헬리 쇼에
서 우승한 리트리버였다. 어미는 저지를 깨끗이 핥아주고, 개
울을 건네주고, 저지가 자기 새끼인 것을 자랑스러워했다.

다음 날 아침, 자는 시간이 불규칙한 모자란 아이가 제일 먼
저 일어난다. 저지는 잠에서 깨 기지개를 켜고 아이를 따라 헛

간으로 간다. 둘은 마른 장작을 같이 나르고, 아이는 저지가 기대하는 것을 알고 불을 피우려고 최선을 다한다. 아이가 어제 타고 남은 재에 장작을 넣고 후후 분다. 재 때문에 둘의 얼굴이 잿빛이 될 때까지 분다. 아래층으로 내려온 여자애는 오빠를 보고 비웃지 않는다. 그저 무릎을 꿇고 선생님 같은 목소리로 불을 어떻게 피우는지 가르쳐줄 뿐이다. 여자애는 남은 일요일 신문을 구기고 마른 장작을 쌓은 다음 성냥을 켠다. 남자애가 그 모습을 보며 흥미를 느낀다. 기묘한 파란색 불꽃이 점점 커지면서 변하더니 어느 순간 불이 된다. 남자애는 그 과정의 무언가 때문에 기분이 좋아져서 감탄한다. 아이는 감탄하는 재주가 있다. 다른 사람은 일상적인 일이라서 대수롭지 않게 여기는 흔한 것들에서 크나큰 중요성을 본다.

마사가 아래층으로 내려와 보니 문이 활짝 열려 있고 개가 보이지 않는다. 어젯밤에 그녀는 개가 어떻게든 도망치기를 바랐다. 차가운 바람이 들어온다. 그녀는 문을 닫고 주전자에 물을 채우려고 식기실로 들어간다. 바로 거기 싱크대에 리트리버가 들어가 있고 둘째와 셋째가 디건이 가진 가장 좋은 도자기 잔으로 개 등에 묻은 비누 거품을 씻어내고 있다. 마사는 별로 신경 쓰지 않지만 딸이 그녀를 보자 혼내야 할 것만 같다.

"내가 여기서 개를 씻겨도 된다고 했니?"

"엄마는 저지에 대해서 아무 말도 안 했어요."

"저지. 그게 이름이야?"

"내가 어제 그렇게 지어줬어요."

"다음에는 싱크대에서 목욕시키면 안 돼. 알겠니?"

"앤 내 생일 선물이에요. 아빠는 나한테 개라도 사줬는데 엄마는 아무것도 안 사줬잖아요."

"질투해요?" 아들이 묻는다.

"뭐라고 했니?" 마사가 묻는다.

"누가 신경이나 쓴대요?" 아들이 말한다. 이웃 사람한테 들은 말인데, 따라 할 만한 것 같다.

"내가 신경 써." 딸이 물을 더 푸려고 손을 뻗으며 말한다.

마사는 차를 가지고 늘 아주 조금이나마 마음이 편안한 마당으로 나간다. 그녀가 길을 내려다본다. 이제 오크 나무 잎이 너무 빨리 떨어진다. 마사는 차를 마시고, 닭장 문에 가로지른 막대를 빼고 문을 활짝 연다. 닭들이 붉은 깃털과 먼지를 날리며 바깥 공기와 먹이를 찾아서 재빨리 달려 나온다. 그녀가 몸을 숙이고 둥지에서 달걀을 꺼낸다.

그녀는 배신자가 된 기분으로 아침 식사를 준비하러 성큼성큼 걸어간다. 그녀는 아침이면 종종 배신자가 된 기분이 든다. 남편과 애들이 빨리 나가면 좋겠다. 그녀는 항상 마음 한구석

으로 생각이 차분하게 가라앉고 추억을 떠올리게 하는 고독을
갈망한다.

마사는 뜨거운 팬 속에서 달걀이 하얗게 단단해지는 것을
본다. 그녀는 절대 달걀을 먹을 수가 없었다. 오늘 아침에도 마
사는 양의 간이나 콩팥이 먹고 싶다. 그녀는 항상 그런 음식
을 좋아했지만 디건은 먹으려 하지 않았다. 이웃 사람들이 어
떻게 생각하겠는가? 디건 가족은 항상 제일 좋은 것만 먹었
고, 그는 아내가 정육점에서 간을 주문하는 모습을 절대 두고
보지 않을 것이다. 마사는 어느 화요일에 앞치마를 두른 채로
다른 남자와 결혼했으면 좋았을걸 하고 생각한다. 정육점에
가서 그녀가 원하는 것은 무엇이든 사 오는 남자, 이웃의 생각
은 전혀 신경 쓰지 않는, 아마도 더블린 출신의 남자와 말이다.

팬이 지글지글 소리를 내자 마사가 밖으로 나가서 최대한
큰 소리로 외친다. 그녀의 목소리에 담긴 절망이 저 아래 아하
울의 계곡까지 전해지고, 계곡이 그녀의 말을 돌려보낸다.

"세상에." 디건이 우유를 짜고 돌아와서 말한다. "교구 사람
들이 다 몰려들겠네."

디건 가족은 식사를 하고 든든한 배로 각자 갈 길을 간다.
첫째는 자전거를 타고 직업학교에 간다. 이제 딱 1년 남았고
학교를 졸업하면 해럴즈 크로스에 사는 미장이 삼촌 밑으로

들어갈 것이다. 모자란 둘째는 응접실로 가서 무릎을 꿇고 자기 농장을 만들기 시작한다. 지금까지 죽은 솔방울로 경계를 만들어 들판에 구획을 지어놓았다. 오늘부터는 집을 만든다. 이번 주가 끝나기 전에 초가지붕을 일 것이다. 저지는 스쿨버스 타는 곳까지 셋째를 따라간다. 저지가 돌아오자 마사는 프라이팬을 부엌 바닥에 내려놓고 개가 깨끗이 핥아먹는 모습을 지켜본다. 그녀는 팬을 닦지도 않고 고리에 건다. 다들 병이 들거나 말거나. 그녀가 생각한다. 마사는 신경 쓰지 않는다. 무슨 일이 일어나야만 한다.

그녀가 저지를 숲으로 데리고 간다. 햇살이 개암나무에 내리쬔다. 10시가 다 됐다. 이제 마사는 시계를 보지 않고도 몇 시인지 알게 되었다. 파란 하늘에서 비가 떨어진다. 그녀가 절대 이해하지 못할 것들이 있다. 왜 겨울 해는 7월의 해보다 더 하얄까? 왜 딸아이의 아버지는 한 번도 편지를 보내지 않았을까? 그녀는 너무 오래 기다렸다. 마사는 아직도 포기하지 않는 자기 마음 한구석을 이해할 수가 없어서 고개를 젓고 밤나무 밑에서 잠시 비를 피한다.

저지는 자기가 말을 못해서 다행이라고 생각한다. 대화를 나눠야 한다고 강박적으로 생각하는 인간을 절대 이해할 수 없다. 사람들은 입만 열면 인생에 도움이 되지 않는 쓸데없는 말을 한다. 자기의 말에 자기가 슬퍼한다. 왜 말을 멈추고 서로 안아주지 않을까? 여자가 울고 있다. 저지가 그녀를 핥는다. 손가락에 기름과 버터가 묻어 있다. 그 아래에서 느껴지는 그녀의 냄새는 남편의 냄새와 다르지 않다. 저지가 손을 깨끗하게 핥자 마사는 개를 쫓아내고 싶은 마음이 사라진다. 그 마음은 어제의 것이다. 이제 그것 역시 그녀가 절대 행동으로 옮길 수 없는 일이 되었다.

집으로 돌아온 그녀는 겨드랑이에 거품을 칠한 다음 털을 밀고, 발톱을 깎고, 머리를 빗고, 뒤통수 쪽에서 풀리지 않게 묶는다. 꼭 어딘가에 가는 것 같다. 마사는 어느새 비를 맞으며 카뉴까지 자전거를 타고 달리고 있다. 그녀는 다시 Darcy의 가게에 걸려 있는 감청색 블라우스를 산다. 단추가 진주처럼 생겼다. 왜 사는지는 본인도 모른다. 아하울에서는 낭비일 뿐이다. 그녀는 일요일 미사에 이 블라우스를 입고 갈 것이고, 정육점 카운터에서 또 다른 농부의 아내가 다가와서 어디서 샀냐고 물을 것이다.

집으로 돌아온 그녀는 낡은 옷으로 갈아입고 암탉을 살펴보러 간다. 지미 데이비스가 양을 세 마리나 잃어서 요즘은 마사도 걱정이다.

"구구구구! 구구구구!" 그녀가 양동이를 덜그럭거리며 외친다.

마사가 부르는 소리에 닭들이 언제나처럼 의심을 풀지 않고 울타리를 넘어온다. 그녀는 닭을 세고 이름을 전부 읊은 후에야 마음을 놓는다. 그러고 나서 무릎을 꿇고 꽃밭에서 잡초를 뽑는다. 이제 꽃이 전부 시들었지만 아침 서리는 아직 내리지 않는다. 두 번째 꽃밭에 빗자루의 그림자가 드리워진다. 3시가 거의 다 됐다. 곧 배고픈 아이들이 집에 와서 먹을 것을 달라고 할 것이다.

마사가 불씨를 살릴 때 저지가 들어와서 그녀의 다리에 앞발을 올린다. 꼬리를 흔들고 있다. 개가 발을 몇 번 올린 뒤에야 마사는 개가 뭔가를 물고 있음을 깨닫는다. 그녀가 무릎을 꿇고 손을 내밀자 개가 손에 뭔가를 떨어뜨린다. 그녀의 손은 뭔지 이미 알았지만 마사는 두 번이나 들여다본다. 껍데기에 실금 하나 없는 달걀이다.

마사가 웃는다. "너 정말 대단한 개구나?"

그녀가 소스팬에 우유를 담아 개에게 주면서 딸이 곧 온다고 말한다. 둘은 셋째를 마중하러 길가로 나간다. 여자애가 스쿨버스에서 내려서 수학 시간에 서술형 문제를 풀었다고, 오래전에 크리스티나 콜럼버스가 지구가 둥글다는 사실을 발견했다고 말한다. 또 총리와 결혼하겠다고 했다가 생각을 바꾼다. 결혼하지 않고 배의 선장이 되겠다고 한다. 아이는 폭풍우 치는 갑판에 서서 컵에 든 레드 레모네이드를 흩날리는 자기 모습을 상상한다.

집으로 돌아가니 모자란 둘째가 잘 놀고 있다. 둘째는 응접실에서 갈색 종이로 자기 집에 그늘을 드리울 오크 나무를 만들었다. 둘째는 혼자 노는 것을 좋아하고 사람들이 가끔 자기 존재를 잊어도 신경 쓰지 않는다.

첫째는 담배 냄새를 풍기며 직업학교에서 돌아온다. 마사는 첫째에게 이를 닦으라고 하고 식탁에 저녁을 차린다. 그런 다음 위층으로 올라간다. 생각할 것이 좀 있다. 새로운 생각은 아니다. 그녀가 옷장에서 웨딩드레스를 꺼내 솔기를 뜯고 돈을 본다. 셀 필요는 없다. 얼마인지 이미 안다. 지금까지 507파운드를 모았다. 대부분 식탁에 올리지 않은 생활비다. 떠날지 말지, 그 이유가 무엇인지는 더 이상 문제가 아니다. 이제는 정확히 언제 떠날지 결정해야 한다.

디건은 평소보다 늦게 돌아온다. "새로 온 일꾼을 감시하지 않으면 안 돼. 지켜보지 않으면 3시에 집에 가버릴걸." 그는 자기 앞에 놓인 음식을 전부 먹고 일어나서 우유를 짜러 간다. 암소들이 벌써 들판의 울타리 대문 앞으로 모여들어 울부짖고 있다.

그날 밤 그는 일찍 잠자리에 든다. 가파른 경계를 걸어 다니느라 다리가 아프고 발이 차갑지만 몸을 뒤척이기도 전에 잠든다. 그는 자면서 오크 나무 밑에 서 있는 꿈을 꾼다. 꿈속은 가을이 아니라 맑은 여름날이다. 계곡에서 돌풍이 불어온다. 너무 세차고 갑작스러운 바람이다. 어느 쪽으로 부는지 모르겠지만 디건은 겁에 질리고 오크 나무들이 움찔거린다. 나뭇잎이 떨어지기 시작한다. 전부 다 잘못된 것 같지만 디건이 아래를 내려다보니 발치에 20파운드 지폐가 잔뜩 흩어져 있다. 꿈이 끝날 때쯤 그는 별 소득도 없이 돈을 전부 주우려고 애쓰는 아이 같다. 결국 그는 외바퀴 손수레를 가져올 수밖에 없다. 그가 손수레 가득 지폐를 싣고 카누로 간다. 손수레를 밀고 가는데 이웃 사람들이 나와서 지켜본다. 사람들의 눈에 분명한 시샘이 서린다. 손수레에서 지폐 몇 장이 날리지만 상관없다. 충분하고도 남는다.

잠에서 깬 그가 창가로 가서 오크 나무를 내다보니 늘 그렇듯 어둠 속에 서 있다. 디건은 수염을 긁으며 꿈을 되새긴다. 이제 꿈을 꾸는 것이 누군가와 대화를 나누는 것에 가장 가까운 일이 되었다.

아내를 보니 파리한 가슴이 얇은 면 잠옷에 짓눌린 채 깊이 잠들었다. 그는 마사를 깨워서 당장 꿈 이야기를 하고 싶다. 가끔 그는 그녀를 멀리 데리고 가서 마음을 전부 털어놓고 처음부터 다시 시작하고 싶다.

* * *

이번 겨울은 온화하고, 곧 크리스마스가 온다. 서리가 금방 녹아 새들은 어리둥절하다. 이제 저지는 털이 아주 깨끗해졌고, 개의 그림자는 여자애의 그림자와 멀리 떨어지는 일이 없다. 디건은 추가 근무 중에 크리스마스트리를 훔치는 도둑을 잡아서 기분이 좋아진다. 그는 삼림 관리국에서 받은 상여금으로 집의 천장 판자를 교체한다. 연휴 내내 치수를 재고, 톱질을 하고, 망치질을 하고, 페인트를 칠한다. 그는 마지막 바니시칠까지 끝낸 다음 마사를 철물점으로 데려가서 부엌 벽지를 고르게 한다. 그녀는 사치스럽고 무엇과도 어울리기 힘든 인동덩굴 무늬 벽지를 고른다.

크리스마스에 이웃 사람들이 와서는 올 때마다 집이 더 좋아진다고 말한다.

"아, 오래된 집은 관리하기가 정말 힘들죠." 디건이 말한다. "평생을 바쳐도 티도 안 난다니까요." 하지만 흑맥주를 손에 든 그는 기분이 무척 좋다.

"좋은 아내를 뒀다는 걸 잘 알겠네요." 이웃들이 말한다. "집을 관리하는 건 여자니까요."

"확실히 그렇죠."

마사는 말이 없다. 그녀는 미소를 짓고 핫위스키를 큰 잔으로 두 잔 마시지만 사람들이 아무리 부추겨도 이야기를 하지 않는다.

크리스마스 선물로 여자애는 아바의 음반을 받아서 두 번 듣고 다 외운다. 제일 좋아하는 곡은 「워털루Waterloo」이다. 산타가 굴뚝을 타고 내려와 둘째에게 중고 자전거를 두고 간다. 둘째가 받고 싶었던 선물은 자기 농장에서 쓸 농기구—이른 밀을 심을 때 쓸 써레, 공장에 보낼 준비가 거의 끝난 사탕무를 뽑을 수확기—였다. 가끔 그는 자기 농장에 비가 오기를 바란다. 자전거 타이어로 만든 잎이 너무 건조해 보이고 더 자라지 않는 것 같다.

첫째는 연휴를 맞이해서 더블린에 간다. 디건은 첫째가 삼촌들에게 신세를 지지 않도록 돈을 조금 준다. 첫째는 마음이 도시에 가 있지만 상관없다. 디건은 이 집을 장남 앞으로 남겼고, 언젠가 아하울이 아들을 다시 불러올 것이다. 그는 아내에게 반짇고리를 선물하고 마사는 달걀을 판 돈으로 남편에게 클라크네 가게에서 격자무늬 슬리퍼를 사 준다.

성 스테파노 축일*에 여우가 마당에 들어온다. 여우 냄새를 맡을 줄 아는 저지는 여우가 닭장에 도착하기도 전에 문틈으로 들어온 외풍에서 그 냄새를 감지한다. 개가 일어나지만 문에 빗장이 걸려 있다. 저지는 위층으로 올라가서 여자애의 이불을 끌어 내린다. 여자애가 일어나서 저지를 한 번 보고 엄마를 깨운다. 마사가 닭장에서 나는 소란스러운 소리를 듣고 디건을 흔들어 깨우자 그가 파자마 차림으로 내려와 총을 장전한다. 리트리버는 점점 흥분한다. 저지는 디건이 총을 가지고 있는 줄 몰랐다. 둘이서 마당으로 달려 나간다. 하얀 달이 빠르게 움직이며 구름 사이로 조각난 빛을 비춘다. 저지는 혀에서 겨자처럼 뜨거운 맛을 느끼지만 너무 늦었다. 닭장 문이 열려 있고 여우는 벌써 가버렸다. 닭을 두 마리 죽여놓고 한 마리는 물고 갔다. 새끼들이 허둥거린다. 혼돈 속에서 어미를 계속 찾아다니지만 어떤 날개 밑을 찾아가도 어미의 날개는 아니다. 저지가 디건을 보지만 그는 허공에 총을 몇 발 쏠 뿐이다. 그렇게 하면 여우가 어떻게 된다는 듯이 말이다.

다음 날 아침에 디건이 닭 털을 뽑으러 간다. 그가 닭을 매달아 두었던 들보를 올려다보지만 닭을 묶을 때 썼던 노끈 조

---

* 12월 26일.

각뿐, 아무것도 없다. 마사가 이미 정원에 파묻고 있다. 눈이 빨갛다.

"아깝게." 디건이 이렇게 말하고 고개를 젓는다.

"샐리랑 편을 먹어야 할 정도로 쪼들리는 건 아니잖아. 당신이 파내서 먹든가. 소스는 내가 만들게."

"결혼하고 지금까지 소스 같은 거 만든 적 없잖아."

"그거 알아, 빅터 디건? 당신도 만든 적 없어."

크리스마스부터 새해까지는 밤이 길다. 모자란 아들이 천장 판자 조각으로 자기 농장에 놓을 건초 헛간을 만들더니 그 밑으로 기어 들어간다. 딸은 새해 결심을 적고 둘째 오빠가 감탄하며 듣는 가운데 큰오빠가 새로 받아 온 생물 교과서에서 '생식'이라는 장을 읽는다. 아하울은 바니시 냄새가 지독하고 돈이 별로 없다. 디건은 불안하다. 그는 계속 같은 꿈을 꾼다. 매일 밤 그가 주머니에 손을 넣어보면 지금까지 번 돈이 전부 든 불룩한 지갑이 반으로 잘려 있다. 지폐가 전부 반으로 잘려서 가게 주인도 은행원도 진짜 돈으로 여겨주지 않는다. 꿈이 끝날 때쯤 이웃 사람들이 전부 나와 서서 웃으며 이제 집이 더 좋아질 일이 없겠다고 말한다.

다른 이상한 꿈도 꾼다. 파란 밤을 헤치고 집으로 돌아오는데 불안하게도 굴뚝에서 연기가 피어오르지 않고, 안으로 들어가니 텅 비어 있다. 쪽지를 발견하고 잠시 슬퍼지지만 슬픔은 오래 가지 않고, 결국 그는 다시 청년이 되어 무릎을 꿇고 불을 피운다. 이 꿈에서 깬 디건은 친밀감을 느끼고 싶어서 아내에게 이야기한다.

잠이 덜 깬 마사는 "내가 당신을 왜 떠나겠어?"라고 말하고 돌아눕는다.

디건이 몸을 쭉 편다. 정말 이상한 말이다. 그는 아내가 자기를 떠나리라 생각한 적도 없고, 아내가 그런 마음을 품었으리라 생각한 적도 없다. 오늘 밤은 집 자체가 이상하다. 세월이 흐르면서 마사가 심은 장미가 벽을 타고 올라 바람이 불면 창문을 두드린다. 계단에서 물 같은 녹색 그림자가 떨린다. 그는 불안한 마음으로 술을 한 잔 마시러 아래층으로 내려간다. 언젠가는 다 끝난다. 토지 문서를 돌려받으면 철제 상자를 사서 오크 나무 밑에 묻을 생각이다. 아하울에 대한 걱정이 사라지면 그의 미래는 풍족할 것이다. 그의 아이들을 낳아준 마사는 때로 B&B*에서 밤을 보내고 새 옷을 사면서 행복하게 지낼 것이다. 두 사람은 아일랜드 서부를 여행할 것이고, 그녀는 아침으로 간과 양파를 먹으리라. 그들은 다시 따뜻한 해변을 걸을

* 아침 식사와 숙박을 제공하는 여행지 숙소.

테고 디건은 발밑의 모래를 신경 쓰지 않을 것이다.

그가 술을 들고 응접실로 간다. 리트리버가 난로 앞 깔개에 누워서 남은 열기를 빨아들이고 있다. 디건은 이 녀석을 살 사람을 찾지 못했다. 개는 빨간 벨벳 재킷을 입고 있다. 마사가 딸을 기쁘게 해주려고 연휴 기간에 만들어 개한테 준 것이다. 아내는 배 부분에 지퍼를 달고 소매를 다듬었다. 디건이 고개를 젓는다. 그녀는 지금까지 같이 살면서 그의 바지에 헝겊을 덧대준 적조차 없다.

그가 장부를 열고 청구서를 살펴본다. 교과서 값이 말도 안 되게 비싸다. 냉각기의 온도조절기도 갈아야 한다. 주택 보험을 갱신해야 하지만 자동차세를 내야 하므로 조금 미뤄도 된다. 그는 수입과 지출을 계산하고 등을 기대고 앉아 이빨 사이로 숨을 들이마신다. 봄은 빠듯하겠지만 그는 늘 그러듯 조심스럽게 헤쳐 나갈 것이다. 이웃 사람들이 절대로 할 수 없는 말이 있다면 그것은 빅터 디건이 가족을 제대로 부양하지 못한다는 말이다. 그의 머릿속에 그런 게으른 생각은 없다. 융자는 59회차 남았다. 그가 머릿속으로 셈을 해본다. 5 곱하기 12는 60. 5년 가까이 걸리겠지만 어쨌든 세월은 흐르지 않는가? 디건이 숫자를 다시 들여다보고 한숨을 쉰다.

자기가 만든 건초 헛간에 내내 누워 있던 아들이 고개를 내민다. "돈 때문에 그래요, 아빠?"

"뭐?"

"엄마가 아빠는 돈 생각밖에 안 한대요."

"엄마가 그래?"

"네. 그리고 아빠 엉덩이는 아빠가 직접 바지에 꿰매래요. 근데 엉덩이를 왜 바지에 꿰매요?"

"말조심해." 디건은 이렇게 말하지만 그래도 웃는다. 인생의 많은 것들이 그렇듯 둘째 아들은 실망스러웠다. 그가 자리에서 일어나 커튼을 연다. 하늘은 맑고 달은 계속 모습을 바꾼다. 올해의 호랑가시나무는 베리 때문에 빨갛다. 그는 힘든 한 해를 점치며 커튼을 다시 닫는다. 그릇장에 놓인 딸의 새 연습장 표지에 이름이 깔끔하게 적혀 있다. 빅토리아 디건. 딸아이의 이름을 보면 뿌듯하다. 자기 이름과도 아주 비슷하다. 서늘함이 등줄기를 타고 오른다. 그는 아무 생각도 하지 않으려고 하지만 "난 당신을 떠나지 않아"라던 마사의 말을 생각한다.

청구서, 교복, 말하지 않지만 떠나고 싶어 하는 아내의 바람과 함께 또 한 해가 시작된다. 마사는 독감 때문에 머리가 흐려지자 떠나고 싶다는 생각도 시들해지지만 몸이 회복되자마자 돌아온다. 저지는 어디든 여자애를 따라다닌다. 어느 날 밤, 여자애가 문을 잠그지 않고 목욕하자 리트리버가 욕조를 들여다보고 물 냄새를 맡는다. 냄새는 이상하지만 따뜻하다. 여자애가 알아차리기도 전에 개가 욕조에 들어가 옆에 앉는다.

1월이 되자 더블린의 가게들이 할인 판매를 한다며 광고한다. 마사는 버스를 타고 오코넬 스트리트로 가지만 가게 근처에는 가지 않는다. 그녀는 클러리스 백화점을 지나 리피강을 건너서 결국 돌리어 스트리트의 영화관에 가서 사탕을 먹고 스크린에 미국으로 떠난 아일랜드 소녀의 비극이 흘러나오는 동안 엉엉 운다. 마사는 막대 사탕을 사서 첫째를 데리고 돌아오고, 떠나겠다는 환상에서 깨어난다. 어디로 갈까? 돈은 어떻게 벌까? 그녀는 "아는 악마가 낫다"라는 표현을 기억해 내고 변덕을 부린다. 디건은 그녀가 갱년기라는 결론을 내리고 아무 말도 하지 않는다. 그는 아내가 상당히 두려워졌고, 다정함을 느끼고 싶어서 종종 무릎에 딸을 앉힌다.

"터트너스." 그가 딸을 부른다. "우리 꼬마 터트너스."

어느 금요일 밤, 돈에 쪼들려서 우울해진 디건은 포티파이브 카드 게임을 하러 차를 타고 이웃집에 간다. 이웃을 만나고 카드 게임을 하면 기운이 날 줄 알았지만 막상 가니 집중이 안 된다. 그는 다섯 판 만에 평소라면 두 배로 불렸을 돈을 잃고 그만 가려고 일어선다. 이웃이 붙잡지만 디건은 가야 한다며 인사한다.

그가 차에 오르는데 모르는 사람이 카드를 가슴 앞에 모아 쥐고 다가온다.

"개를 팔고 싶어 하신다고 들었는데요."

"개요?" 디건이 말한다.

"네." 그가 말한다. "사냥개요. 아직 있습니까?"

"음, 네." 디건은 깜짝 놀라지만 금방 진정한다. "지난 9월에 샀는데 사냥할 시간이 없더군요. 개를 놀리기는 아깝잖아요."

디건은 리트리버에 대해 계속 설명한다. 꿩에 대해서 술술 이야기하면서 자기 개가 꿩을 쫓아 날아오르게 한다고, 꿩으로 만든 수프가 어찌나 맛있는지 호텔에서 사 먹는 것보다 훨씬 낫다고 말한다. 그는 개를 데려온 이후로 이탄 양동이가 빈 적이 없다고 말한다. 그가 이탄 이야기를 꺼내자마자 남자가 미소를 짓지만 디건은 알아차리지 못한다. 생일날의 딸이, 그리고 이제 리트리버와 딸이 같이 목욕한다는 사실이 떠올랐기 때문이다. 하지만 물러서기에는 너무 늦었다.

"얼마에 파시려고요?"

"50파운드요." 디건이 말한다. 말도 안 되는 금액이지만— 그 절반만 받아도 다행이다—남자는 움찔하지도 않는다.

"당신이 말한 대로라면 관심이 가네요. 언제 볼 수 있죠?"

디건이 주저한다. "가만 보자……."

"지금도 괜찮습니까?"

"지금요? 네. 괜찮을 거 같은데."

"좋아요. 그럼 제가 따라가죠."

그날 밤 저지는 오도넬이 문으로 들어오기 전부터 그를 알아차린다. 그는 항상 불편한 발을 먼저 내미는데, 문을 넘기 전에 늘 주저한다. 저지의 마음에 일말의 의구심이 있었다 해도 사냥꾼의 냄새를 맡자마자 사라진다. 사일리지 냄새와 그가 머리 모양을 고정하려고 쓰는 무슨 기름 냄새가 섞여 있다. 디건이 먼저 들어온다. 저지가 뛰어오르다가 벨벳 재킷이 안락의자 모서리에 걸려서 찢어진다.

"그래, 아주 예쁜 옷을 입었구나." 오도넬이 이렇게 말하고 웃음을 터뜨린다.

디건이 약간 당황하며 같이 웃는다. "그냥 우리 애가 입혀준 겁니다."

저지는 도망치려고 애를 쓰지만 부엌에서 나가는 문이 전부 닫혀 있다. 곧 두 남자가 저지를 잡아서 낑낑대는 개를 오도넬의 차 트렁크에 넣는다.

"자, 됐죠." 디건이 말한다. 손을 내밀지 않기 위해 할 수 있는 것은 이 말밖에 없다. "산 걸 후회하지 않으실 겁니다."

"산다고요?" 오도넬이 말한다. "자기 개를 산다는 말 들어봤어요?"

　디건은 길을 따라 미끄러지듯 내려가는 후미등을 바라보면
서 노란 원피스를 입은 딸이 고맙다고 말하던 모습을 떠올리
지 않으려 애쓴다. 자기 무릎에 앉은 딸을 생각하지 않으려 애
쓴다. 그는 상관없다고, 자기가 할 수 있는 일은 없었다고 혼잣
말을 한다. 디건이 집으로 들어가려고 돌아서는데 위에서 무
언가가 움직인다. 고개를 들어 올려다보니 잠옷 차림의 마사
가 침실 창가에 서서 지켜보고 있다. 그녀가 손을 들자 디건이
깜짝 놀라 같이 손을 든다. 어쩌면 그녀도 마음 한구석으로는
개가 없어져서 좋은지도 모른다. 그가 거기 서서 지켜보고 있
으려니 아내의 손이 주먹으로 바뀌고 주먹이 흔들린다. 그렇
다. 모든 것이 밝혀진다.

　말할 필요도 없지만 여자애는 다음 날 아침에 저지가 깨우
러 오지 않아서 이상하게 여긴다.

　"저지는 어디 있어요?" 여자애가 아래층으로 내려와서 말한
다. 아이가 부모를 바라본다. 디건은 테이블 상석에 앉아서 흰
빵에 딱딱한 버터를 억지로 바르고 있다. 엄마는 홍차가 담긴
찻잔을 입가로 가져가 피어오르는 김 사이로 남편을 빤히 보
고 있다.

　"아빠한테 물어봐." 마사가 말한다.

"아빠, 저지 어디 있어요?" 목소리가 갈라진다.

디건이 기침을 한다. "어떤 남자가 찾으러 왔어."

"어떤 남자요?"

"주인. 주인이 찾으러 왔어."

"무슨 소리예요, 주인이라니? 내가 주인이에요. 아빠가 나한테 줬잖아요."

"사실은 말이다." 디건이 말한다. "그렇지 않아. 숲에서 우연히 발견해서 집으로 데려온 거야."

"하지만 저지는 내 거예요! 아빠가 나한테 줬잖아요."

여자애가 밖으로 달려 나가 개의 이름을 부른다. 숨을 만한 장소를 전부 뒤진다. 저지가 뼈다귀를 묻는 자리, 건초 헛간의 굴, 꿩의 잠자리가 있는 개암나무 뒤 덤불. 아이는 계속 찾아다니지만 결국 저지가 가버렸다는 사실이 마음에 새겨지고, 그에 따라 마음도 바뀐다. 어차피 아버지는 자신을 사랑하지 않았다. 아이는 떠나겠다고 마음먹지만 학교도 가지 못한다. 아이는 겨우 참새 모이만큼만 먹고, 일주일 뒤부터는 말을 아예하지 않는다. 저녁마다 자전거를 타고 나가서 개의 이름을 외치고 다닌다.

"저지! 저지!"라는 소리가 교구 전체에서 들린다. "저지!"

디건은 아이가 살짝 정신이 나갔음을 알지만 극복할 것이다. 시간문제일 뿐이다. 아하울의 다른 모든 것은 거의 변함이 없다. 소들은 우유를 짜달라고 울타리 대문까지 내려오고, 우유를 통에 담아 내놓으면 수거해 간다. 마사의 암탉들은 씨앗을 쪼고 밤이면 보금자리에 들어가 달걀을 낳는다. 아침 일찍 팬을 내렸다가, 고리에 다시 걸었다가 또다시 내린다. 아들들은 늘 그렇듯 자기 것이니 아니니 하며 싸운다.

가끔 디건은 물통과 샌드위치를 들고 숲에 앉아 있을 때 개가 그렇게 된 것을 마음 아파하지만, 대개는 그 일이 떠오르지도 않는다. 그를 괴롭히는 것은 원인이 아니라 그 결과다. 아내는 이제 그에게 말도 걸지 않고 그의 옆에서 자지도 않는다.

가끔 마사는 그날 아침 숲에서 저지에게 돌을 던지는 자기 모습을 본다. 저지는 꼬리를 다리 사이로 숨기고 도망친다. 저지가 뒤를 돌아보자 마사는 미안해지지만, 그녀는 옳은 일을 하고 있다고 생각한다. 그녀 인생의 너무나 많은 부분이 일어나지도 않은 일들을 중심으로 돌아간다. 그녀가 토스트에 치즈를 올려 굽지만 딸은 먹으려 하지 않는다. 마사가 딸의 침대에 앉아서 다른 개를 데려오자고, 딸의 것이 될 작은 강아지를, 사랑할 수 있는 개를 데려오자고 말하며 달랜다.

"신문을 봐봐. 실레일리 외곽에서 한 배에서 난 강아지들을 판대. 짐 멀린스의 강아지야. 네가 사랑에 빠질 만한─"

"엄마가 사랑에 대해서 뭘 알아요?"

이 말이 그녀의 가슴을 때린다. "나도 사랑을 알아." 마사가 우긴다.

"엄마는 아빠를 사랑하지도 않잖아요. 엄마가 신경 쓰는 건 돈밖에 없잖아요."

* * *

어느 날 저녁에 디건이 언덕을 넘는데 굴뚝에서 연기가 평소보다 많이 피어오른다. 디건은 알아차린다. 왠지 이렇게 되지 않을까 생각했었다. 마당에 자동차가 열한 대나 있다. 전부 그가 아는 차들이다. 이렇게 많은 이웃이 한꺼번에 온 적은, 그것도 이렇게 이른 시간에 온 적은 없었다. 데이비스도, 레드먼드도 왔다. '이브닝 헤럴드'라 불리는 더피 부인도 있다. 밤색 해치백은 신부님의 차다.

디건이 문지방을 넘자 활활 타오르는 난롯불이 부엌 바닥으로 열기를 뿜는다. 디건은 낡은 옷차림 때문에 소심한 기분으로 모두에게 인사를 하고 모자를 벗는다.

"아, 오셨군!"

"이렇게 열심히 일하는 사람도 없다니까!"

"거기 끼어 앉아서 같이 식사하지 그래, 빅터?"

"주인도 없는 집에 쳐들어와 있었다네."

"전혀 아니에요. 제가 초대했잖아요?" 마사가 말한다.

그녀가 그의 앞에 따뜻한 접시를 놓는다. 바싹 구운 등심, 구운 감자, 양파, 버섯이다. 뭉근히 끓인 사과를 그릇에 담아 커스터드 소스를 가득 올린 것도 있다. 디건은 의자를 당겨 앉아 성호를 긋고 포크와 나이프를 든다. 그는 먹으면서 동시에 집주인 노릇을 하는 방법을 알지 못한다. 아이들의 기척이 없다. 아내가 흑맥주와 파워스 위스키를 돌리고 이웃 사람들에게 미소를 짓는다.

"마셔요!" 그녀가 말한다. "아주 많이 있어요. 모리시 청년은 정말 큰일이네." 목소리가 이상하다. 평소 목소리가 아니다.

이웃들은 앉아서 잡담을 나누고 예산에 대해서, 지반 함몰과 석유 파동에 대해서 이야기한다. 그들은 그날 저녁의 여흥을 위해 분위기를 끌어올리는 중이다. 대화에 가십이 살짝 섞이기 시작한다. 제일 먼저 레드먼드가 나뭇가지를 자르는 낫 손잡이가 부러져서 윌런 자매들에게 빌리러 갔다가 그들이 음식 한 그릇을 같이 나눠 먹는 장면을 봤다고 한다. "네 앞에 있는 거나 먹어, 베티!" 그가 흉내를 낸다. 웃음이 살짝 피어오른다. 위협적인 웃음이다.

가게 주인은 댄 패럴이 와서 초코 아이스 다섯 개를 그 자리에서 먹어치웠다고 말한다. "초코 아이스를 다섯 개나! 대변을 아주 시원하게 보지 않겠어? 게다가 마지막 하나를 먹고 나서는 외상으로 적어놓으라지 뭐야!"

마사가 미소를 짓는다. 정말로 즐거워 보인다. 그녀가 행주를 들고 오븐에서 타르트와 퀸 케이크를 꺼낸다. 패스트리가 금빛이고 빵이 잘 부풀었다.

"이것 좀 봐." 더피 부인이 말한다. "공진회에 내면 상도 타겠어. 부인이 베이킹을 안 하시는 줄 알았지 뭐예요."

마사는 디건이 가진 제일 좋은 접시에 타르트와 케이크를 잔뜩 담아서 나눠 준다. 디건은 그녀가 연기 중임을 깨닫는다. 연기가 정말 대단하다. 매일 이렇게 먹진 않는다고 누가 생각이나 할까? 소들이 울타리 대문으로 몰려와서 들여보내 달라며 큰 소리로 울지만 디건은 움직일 수가 없다. 몸속의 모든 것이 그에게 일어나라고 말하지만 호기심이 상식을 이긴다. 그가 다리를 꼬다가 저지의 낡은 침대에 앉아서 주의를 기울이던 둘째를 실수로 걷어찬다.

"미안." 디건이 말한다.

그 목소리에 이웃 사람들이 그의 존재를 기억해 내고 고개를 돌린다.

데이비스는 실레일리까지 걸어갔는데 도착했을 때 한쪽 발이 너무 아팠다고 한다. 부츠를 벗어보니 안에 커다란 숟가락이 들어 있었다.

"작은 숟가락도 아니고 큰 숟가락이었다니까!"

"농담이겠지!" 실라 로셰가 말한다. 그녀는 믿기지 않는 말을 들으면 늘 이렇게 말했다.

톰 켈리가 착유장을 처분할 거라고, 이제 우유를 짜서는 돈을 못 번다고 말한다. "농사로 돈 벌 날이 얼마 안 남았어." 그가 이렇게 말하며 고개를 젓는다. "우윳값도 10년 전이랑 똑같잖아?"

이에 대한 이야기가 이어지지만 잠시 후 시들해지더니 끊어진다. 점점 사그라드는 대화를 향해 공을 던지듯 돌아가며 몇 마디를 던지지만 아무도 받지 않는다. 침묵 속에서 굴러갈 뿐이다. 이웃 사람들은 술을 더 마시더니 마사를 바라보기 시작한다. 다들 조용해진다. 누군가 기침을 한다. 데이비스가 다리를 꼰다. 신부님이 있으므로 요청은 그의 몫이 된다.

"이야기를 아주 잘하신다고 들었는데요, 디건 부인." 그가 말한다. "저는 그 즐거움을 누려보지 못했군요."

"아, 신부님, 전혀 아니에요." 마사가 말한다.

"그래. 얘기 좀 해줘요, 마사!"

"세상에, 저렇게 이야기를 잘 푸는 사람은 없다니까요."

"조금만 조르면 돼요."

"아, 아니에요." 마사가 잔에 남은 술을 삼킨다. 오늘 밤 그녀는 술이 필요하다. 마사의 어머니는 자기 아버지 쪽에 집시의 피가 섞여 있다고, 집시의 피 때문에 길을 떠나게 될 것이라고 늘 말했다. 그녀도 몇 번인가 집시로 오해받은 적이 있었다. 마음을 가라앉힌 그녀는 무슨 이야기를 할지 이미 알고 있다. 정확히 어디서부터 시작할지 정하기만 하면 된다.

"아, 전부 들어보신 이야기뿐이에요."

"얘기 안 해주면 우리 전부 집에 갑니다!" 브레슬린이 외친다.

"여자는 그렇게 설득하는 게 아니에요." 신부님이 말한다.

마사가 그들이 앉아 있는 부엌에 신경을 집중시킨다. 그녀는 가끔 이런 무서운 면이 있었다. 그녀가 자기 발을 내려다보며 집중한다. 이야기를 시작하기 전에 먼저 냄새를 찾아야 한다. 모든 이야기는 독특한 냄새가 있다. 그녀는 장미로 정한다.

"음, 어쩌면 이런 이야기는 할 수 있겠네요."

디건의 아내가 머리카락을 넘기고 입술을 축인다.

"이제 시작이군!" 데이비스가 손을 문지른다.

마사는 좌중이 조용해질 때까지 다시 기다린다. 말이 어떻게 나올지 그녀도 전혀 모르지만 이야기는 거기에 있다. 그녀가 할 일은 그것을 그러모아 적당한 말을 찾는 것뿐이다.

"예전에 바닷가 게스트하우스에서 숙식하며 일하던 여자가 있었어요." 마사가 말한다. "그 동네 출신은 아니었죠. 브레이 사람이었는데 일자리를 찾아서 남쪽으로 내려왔어요. 그녀가 일하던 집은 새로 지은 환한 방갈로였어요. 코트타운에 있는 집들과 비슷했죠. 화려하지는 않지만 깨끗하고 깔끔한 곳 말이에요. 모나는 몸집이 크고 피부가 좋은 여자였어요. 키가 크고 피부가 하얗고, 주근깨가 있었죠. 가끔 집시로 오해받기도 했지만, 사람들이 뭐라 생각하든 그녀에게는 집시의 피가 한 방울도 섞이지 않았어요. 우체부의 외동딸이었고, 잘하는 게 많았는데 춤도 그중 하나였어요. 동전만 한 자리에서 춤을 춰도 스텝 하나 틀리지 않았죠."

"사랑스러운 여자군." 브레슬린이 자기 추억을 떠올리며 조용히 말한다.

"아무튼, 어느 날 밤에 모나가 춤을 추러 갔어요. 여름이라 무도회장에 사람이 무척 많았죠. 모나는 딱히 남자를 만날 생각이 없었지만 그날 밤 어떤 농부가 계속 춤을 청했어요. 그는 붉은 턱수염을 기른 강인한 남자였지만 발이 가벼웠죠. 접시에 담긴 크림을 핥는 고양이 혀처럼 매끄럽게 모나를 이끌었어요. 두 사람은 이야기를 나누었지만 농부는 자기가 가진 집

이야기밖에 할 줄 몰랐죠. 대지가 몇 제곱미터고, 길을 따라 나무가 줄지어 서 있고, 집이 정말 좋고, 그런 이야기요. 그는 새로 지은 착유장과 과수원과 크고 높은 천장에 대해서 이야기했어요. 더 나은 이름이 없으니까 그를 놀란이라고 할게요.

놀란은 여자에게 다시 만나자고 했고 여자는 싫다고 대답했지만, 놀란은 거절을 받아들이는 남자가 아니었어요. 장남이었던 그는 자기 마음대로 하는 습성이 있었죠. 그는 어디든 여자를 따라다녔어요. 한번은 모나가 저녁 식사를 하다가 고개를 들었더니 놀란이 창밖에서 그녀를 보고 있었어요. 남자는 여자를 졸래졸래 쫓아다녔고 모나는 굴복하고 말았죠. 결국 그에게 맞추지 않는 것보다 맞추는 게 더 쉬웠어요. 무슨 말인지 아시겠죠. 하지만 그에게도 나름 좋은 면이 있었어요. 모나에게 차와 스콘을 사주었고, 절대로 여자가 돈을 쓰게 두지 않았죠. 그리고 두 사람은 늘 춤을 췄어요.

그들은 같은 플로어에서 자란 것처럼 폭스트롯과 하프셋과 왈츠를 추었지만 모나는 마음속으로는 그에게 끌리지 않았어요. 그는 썩을 때가 된 배처럼 이상한 냄새를 풍겼죠. 땀 냄새가 진득하고 달큰했어요. 사실 그는 전성기가 지난 남자였죠. 춤을 출 때는 다 괜찮았지만 밴드가 연주를 멈추고 그가 입을 맞추러 다가오는 순간 모나는 둘이 어울리지 않는다는 사실을 깨달았어요. 하지만 모든 여자가 그렇듯 모나는 자기만의 무언가를 원했어요. 그녀는 놀란이 이야기한 곳에서 살면 어떨까 생각해 봤어요. 주일 미사가 끝난 뒤 나무 그늘 벤치에 앉아서 신문을 읽는 자기 모습이 떠올랐죠. 그 뒤에서 어린애답게 뚜껑 두 개를 맞부딪치며 노는 아이도 보였어요.

어느 날 밤 놀란이 자신과 결혼해 주겠냐고 물었죠. '나랑 결혼하는 거 생각해 볼래요?' 놀란이 불빛을 등지고 서서 말했기 때문에 모나는 그가 제대로 보이지 않았어요. 바다 근처였죠. 모나는 모래에 부딪치는 파도 소리와 소리 지르는 아이들의 소리를 들었어요. 여름이 끝나고 있었고요. 여자는 그와 진심으로 결혼하고 싶지는 않았지만 앞으로 더 젊어지지도 않을 테니 지금 거절하면 그의 청혼이 마지막일지도 몰랐어요."

"이제부터 본격적인 시작이군." 레드먼드가 말한다.

"음, 긴 이야기를 짧게 줄이자면—"

"아, 여기 바쁜 사람이 어디 있습니까?" 신부님이 말한다. "긴 이야기라면 짧게 줄이지 마세요."

"우리가 신부님 강론에 대해서 하는 말이랑 정반대 아닌가요?" 데이비스는 배가 불러왔다. 그는 아직 남은 위스키 병을 가져가서 넉넉하게 채웠다.

신부님이 어깨를 들어올렸다가 떨어뜨린다.

"제 이야기는 신부님 강론이랑 비할 것도 안 돼요, 신부님."

마사가 이렇게 말하고 디건을 본다. 남편은 가슴 앞에 팔짱을 낀 채 얼어붙었다. 식탁 밑에 있는 아들이 보이지만 이제 물러서기에는 너무 늦었다. 그녀는 딸아이를, 아이가 학교에서 받아 온 통지표를 떠올리고 이야기를 계속한다.

"음, 이 여자, 모나는 그의 청혼을 받아들였어요. 그녀는 이 남자와 결혼해서 그의 농장에 살러 갔죠. 남자의 이야기만 들었을 때는 대저택일 줄 알았는데 집 안으로 들어가 보고 정말 깜짝 놀랐어요. 그 낡은 집에 대해서 할 수 있는 말은 축축하지 않다는 것밖에 없었거든요. 놀란은 소도 있고 착유장도 있었지만 가구는 나무좀투성이였고 굴뚝에는 까마귀가 둥지를 틀고 있었어요. 모나는 집을 치우려고 무척 애를 썼지만 틀니 두 쌍과 숟가락이 같이 들어 있는 것을 보고는 포기했어요. 결혼식 날 밤에는 매트리스에서 대죄처럼 튀어나온 스프링이 느껴졌어요. 어떤 날에는 할 수 있는 일이 울음을 참는 것밖에 없었죠.

놀란은 낮 내내, 그리고 밤에도 절반쯤은 들판에서 시간을 보냈어요. 짐작하시겠지만 그는 모나를 손에 넣자마자 거의 관심을 주지 않았어요. 늘 부재중이었죠. 모나는 그가 어디에 갔는지 항상 알지는 못했어요. 남편이 다른 여자와 바람을 피운다고 생각한 건 아니에요. 미사 시간에 남편이 다른 여자를 쳐다보는 것을 본 적은 있지만 그가 자기 외에 다른 여자에게 절대 손대지 않으리란 것도 알았죠. 그가 다른 여자에게 손을 대면 이웃 사람들이 알아낼 테니까요. 마을 사람들이 전부 알게 될 텐데, 놀란은 무엇보다도 이웃을 무서워했거든요.

그는 매일 저녁 배가 고프다고 투덜대며 들어와서 저녁 식사를 찾았어요. 모나는 먹는 것을, 맛있는 음식을 그렇게 좋아하지 않았고 항상 감자 몇 개를 스테이크나 스튜와 함께 먹었죠. 몇 년이 지났지만 아이가 생길 기미는 보이지 않았어요. 이웃 사람들이 이상하게 여기기 시작했죠. 이런저런 말들이 나왔어요. 스치듯 지나가는 몇 마디와 상스러운 말 몇 마디요. 가게를 운영하는 남자가 모나에게 남편을 어디에서 만났냐고 물어서 그녀가 대답하자 '속은 것치고는 참 멀리도 갔군'이라고 말했어요. 몇몇은 놀란이 불쌍하다고 생각하기 시작했죠. 사람들이 뭐라고 수군거리는지 알고는 놀란도 자신이 불쌍하다고 생각하기 시작했어요. 왜냐면—신부님 앞에서 이런 말을 해서 죄송하지만—아기가 없는 많은 남자들이 그러듯이 자기 씨앗을 쓸모없는 땅에 뿌리고 있다고 생각했거든요. 자연스럽게 그는 아내를 탓했어요. 두 사람이 아무리—"

"결혼했는데 아이를 낳지 못하는 것보다 나쁜 일은 없을 거야." 더피 부인이 말한다. "난 아이가 있어서 정말 다행이라는 생각을 자주 해요."

"안 그러실 수가 없겠죠." 실라가 말한다. "우리 동네에서 제일 훌륭한 아이들을 두셨잖아요?"

"아, 그런 말이 아니었는데."

"조용히 좀 해요." 데이비스가 말한다. "다들 입 좀 닫고 이야기나 듣지 그래요? 내가 얼마나 기다렸는데."

"그냥 살짝 끼어들었을 뿐이잖아?" 더피 부인이 말한다.

"그게 중요한 거 아닌가요?" 마사가 말한다.

마사가 다시 디건을 본다. 그의 눈빛이 그녀에게 그만하라고 애원하고 있다. 그녀는 고개를 숙이고 이야기를 계속할 수 있도록 다시 조용해지기를 기다린다. 이제 마사는 마음을 굳혔다. 그녀는 이야기를 위장하겠다고, 최대한 동떨어지게 꾸며야겠다고 생각했었다. 하지만 이제는 확신이 없다.

"어디까지 했죠?"

"어디까지 했는지 모르셔도 부인 탓은 아니죠." 신부님이 말했다.

"아, 네." 마사가 말한다. 그녀는 어디까지 했는지 정확히 안다. "그들이 결혼했다고 했죠. 결혼하고 6년이 지났지만 아이는 생길 기미도 없었고요. 그러던 어느 날 모나가 집에 혼자 있는데 낯선 사람이 장미 덩굴을 가지고 찾아왔어요. 모나는 처음 보는 사람이었고, 교구의 누구와도 닮지 않았다고 생각했어요. 그날 놀란은 협동조합에 씨앗을 사러 멀리 갔어요. 협동조합에 가는 날이면 서둘러 돌아오지 않았고요. 모나는 이제 살이 조금 빠졌어요. 거기 현관문에 이 외판원이 서 있는데ㅡ"

"아, 그 사람이 뭘 팔았다고 했죠?" 데이비스가 속삭인다.

"조용히 해요, 데이비스, 네?"

마사가 잠시 말을 멈추고 분노를 키운다. 모두 그것을 느낀다. 더피 부인이 안됐다는 표정으로 그녀를 바라보지만 마사는 이제 동정에 관심이 없다.

"장미요!" 그녀가 소리치다시피 한다. "그는 장미를 팔고 있었어요. '혹시 장미 좋아하세요?' 그가 그녀에게 물었어요. 키도 크고 수염을 깔끔하게 깎은 잘생긴 남자였어요. 놀란처럼 지저분한 수염도 없어서 턱이 아주 잘 보였죠. 그녀는 손을 뻗어 턱을 만지고 싶었지만 그는 모나보다 훨씬 어렸어요."

"애잖아!"

"이 여자가 어린애를 데리고 노는군!"

"낯선 사람은 밴 뒤쪽에 온갖 장미 덤불과 과실수를, 태양 아래 모든 것을 가지고 있었어요. 모나는 그가 가진 장미 덤불을 전부 다 사고 차를 대접하려고 집 안으로 들였어요. 그녀가 물을 끓일 때 남자가 결혼했느냐고 물었죠.

'결혼했지만 남편은 씨앗을 사러 가고 없어요.'

'남편분은 씨앗이 없나요?' 외판원이 물었어요. 그는 감자에 대해서 이야기하고 있었지요. 하지만 그때 여자가 그를 보았어요.

'네.' 그녀가 솔직하게 말했어요. '남편은 자기 씨앗이 없답니다.'

이 말을 하는 여자의 태도 때문에 외판원은 초조해졌어요. 자리에서 일어나 창가로 갔죠. 그녀의 수국처럼 파란 수국은 본 적이 없다고 말했어요. 그런 다음 밖으로 나가 꽃을 만져보았어요. 여자는 수국을 만지는 남자에게 내리쬐는 태양에 끌렸지요. 그녀가 남자에게 다가가서 그녀의 손이 그의 목을 만졌고, 그런 다음 그의 엄지가 올라와서 그녀의 입술을 쓸었어요. 놀란의 손보다 부드러웠죠.

'당신의 눈은 젖은 모래 색이군요.' 남자가 그녀에게 말했어요.”

식탁 밑의 아이가 엄마의 말에 집중한다. 이 이야기는 뭔가 다르다. 진짜로 일어났던 일이다. 그 남자가, 수국이 기억나기 때문이다. 그리고 크리스마스 때 동생이 가르쳐준 것들, 생물 교과서에서 읽어준 것들도 있다. 아이는 엄마가 이야기를 계속하기를, 어서 마치기를 바란다. 아이는 이 부엌에 있는 사람들이 좋다. 그들이 늘 이렇게 행복하면 좋겠다.

"여자는 현관문 옆에 장미 덤불을 심었어요." 마사가 이야기를 계속한다. "밤이 늦어서야 돌아온 놀란은 자기 돈을 그런데 쓰다니 멍청하다고 말했죠. '도대체 어떤 여자가 꽃에다가 돈을 다 써?' 그뿐만 아니라 자기한테 제대로 된 저녁 식사도 차려주지 않는다고 책망했어요. '일하는 남자 저녁으로 감자랑 양배추는 부족해.'"

"배가 불렀군!"

디건은 더 이상 견딜 수가 없다. 그가 들을 필요 없는 부분도 있다. 마사는 개를, 딸아이를 끌어들일 것이다. 어디까지 이야기할지 아무도 모른다. 이웃 사람들은 마사가 이 이야기 말고는 한 적 없다는 듯이 그 어느 때보다 집중해서 듣고 있다. 디건이 일어선다. 그가 일어서자마자 이웃 사람들이 고개를 돌려 그를 본다.

"불쌍한 소들이 울부짖는 소리를 더는 못 들어주겠네요." 그가 말한다. "잠깐 실례할게요."

이웃들이 의자를 끌며 그에게 길을 터주자 나무 의자 다리가 바닥을 끼익 긁는다. 문 앞에 다다랐을 때 그가 어디서 힘을 그러모아 걸쇠를 열었는지 모르겠다. 밖으로 나간 그는 겨우겨우 자기 뒤로 문을 닫는다. 그는 벽에 기대어 듣지 않으려고 애를 쓴다. 그는 딸이 자기 자식이 아니라는 사실을 마음속으로는 항상 알고 있었다. 자기 딸이라기에는 너무 이상하고 사랑스러웠다.

그는 잠시 마사의 목소리에 귀를 기울이지만 무슨 말인지는 듣지 않으려고 애쓴다. 하지만 어쩔 수가 없다. 자세한 내용을 듣고 싶다. 디건이 말을 놓치지 않으려고 애를 쓴다. 마사가 이야기하는 말투를 들으니 그가 듣고 있다는 것을 그녀도 아는 것이 분명하다. 모자란 아들이 외치는 소리가 들린다. "엄마한테 남자친구가 있었대요!"

디건의 발이 그를 데리고 마당을 가로지르고, 그의 손이 올라가 불을 켜고, 어쨌든 그는 소를 칸막이에 한 마리씩 넣고, 착유기를 찾고, 우유를 짠다. 시간을 끌지 않지만 서두르지도 않는다. 그는 철저하다. 그뿐이다. 그가 일을 마칠 때쯤 이웃 사람들이 나온다. 그들이 그의 현관문을 통해 나와서 떠난다. 그는 자신의 현관문에 대해서 다른 꿈이 있었지만 이제는 중요하지 않은 것 같다. 디건이 몇몇에게 손을 흔들어 인사하고 사람들도 같이 손을 흔들지만, 누구도 그를 부르지 않는다.

디건은 착유장에 한참 머문다. 그는 마당비로 통로를 쓸고, 물로 칸막이의 똥을 씻어낸다. 여물통에 신선한 건초를 넣어

주고, 사슬의 느슨한 고리를 교체한다. 한참 동안 해야지 생각만 하던 일이다.

마침내 그가 집으로 들어간다. 어쨌거나 그의 집이다. 마사는 자러 가지 않았다. 아직도 불가에 앉아 있다. 그녀의 주변에 빈 의자와 빈 잔이 잔뜩 놓여 있다. 그가 식탁 밑을 보지만 아들은 없다.

"이제 행복해?" 그가 말한다.

"결혼 생활 20년 만에 드디어 물어보네."

"그 말이 듣고 싶었던 거야?"

마사가 위스키 잔을 들고 남편을 바라본다.

"생일 축하해, 빅터." 그녀가 말한다. "오래오래 행복하게 잘 살아."

* * *

침묵의 뚜껑이 디건 가족을 덮는다. 너무 많은 말을 했기 때문에 할 말이 남지 않았다. 요즘은 이웃 사람들이 오지 않는다. 디건은 미사 참례도 그만두었다. 그게 무슨 소용인지 이제 모르겠다. 그는 더 늦게까지 일하고, 먹고, 우유를 짜고, 목요일마다 테이블에 돈을 두고 나간다.

이제 마사는 아침 식사를 만들어주지 않지만 디건은 신경 쓰지 않는다. 딸아이는 학교도 다시 가고 잘 지내지만 예전 같지 않다. 선장이 되겠다거나 총리와 결혼하겠다는 말을 더는 하지 않는다. 모자란 아들만 행복하다. 둘째는 응접실 전체를 농장으로 만들었다. 헛간에 짚을 깔았고, 굽도리에 콤바인을 세워 놓았다. 들판이 바닥을 전부 차지했다. 그의 땅 가장자리에 나일론 커튼이 억수 같은 비처럼 내려온다.

어느 날 밤, 둘째가 소를 몰고 있는데 창밖에서 무슨 소리가 들린다. 바람에 흔들리는 장미 덩굴이다. 어쩌면 쥐일지도 모른다. 아이는 자리에서 일어나 자기가 쥐를 잡을 수 있을까 생각한다. 아빠가 삽으로 쥐의 척추를 부러뜨리는 것을 두 번 보았다. 쥐는 죽이기 쉽다. 아이가 부지깽이를 들고 일어나 최대한 가만가만 문으로 다가가서 귀를 기울인다. 발톱 소리가 들린다. 그가 문을 열자 개가, 떠돌이 개가 서 있다. 하지만 뭔가 다르다. 아이가 개를 쓰다듬자 더러운 털 아래로 뼈가 만져진다. 덜덜 떨고 있다.

"들어와서 불 좀 쬐." 아이가 손짓하며 말한다. 엄마가 낯선 사람에게 그렇게 말했고, 낯선 사람이 엄마를 따라 들어왔었다. 이제 떠돌이 개가 아이를 따라 계단을 내려와 집으로 들어온다. 지금은 아이가 이 집의 주인이다. 아이는 문을 닫고 불

피우는 법을 기억해 내려 애쓴다. 어려울 리는 없다. 농장도 전부 혼자서 만들지 않았는가? 아이가 석탄 통에서 신문을 꺼내 구긴다. 동생이 가르쳐주었다. 그런 다음 자기 난로에, 양탄자가 합판과 만나는 곳에 신문을 놓는다. 오래 걸리지만 겨우겨우 성냥을 켠다.

"축축하네." 아이가 말한다. "축축해."

종이 오크 나무에 불이 붙자 아이가 산울타리를 높이 쌓는다.

"괜찮아." 아이가 개에게 말한다. "불가로 와서 몸 좀 녹여."

아이가 불꽃을 흥미롭게 바라본다. 불꽃은 종이를 검게 만들고 아이의 건초 헛간으로 번지더니 지붕으로 옮겨붙고 나일론 비를 타고 퍼진다. 아이가 만든 것 중에서 가장 사랑스럽다. 아이가 문을 열어서 돌풍 때문에 불이 굴뚝을 타고 오르게 만든다. 아이는 아주 약간 심란한 마음도 들지만 뒤로 물러서서 보며 웃는다.

아이가 주변을 둘러보지만 개는 위층으로 올라가고 없다. 개가 침대에 뛰어올라 마사를 깔고 앉는다.

"저지." 여자애가 말한다. "저지."

계단에서 연기 냄새가 올라온다. 마사도 냄새를 맡는다. 디건은 저 안쪽 방에 있다. 그는 잠귀가 어둡다.

"아빠!" 여자애가 소리친다.

연기가 방과 방 사이를 기어다니며 집을 가득 채운다. 남자애는 문을 열고 서서 천장 판자를 가로지르는 푸른 불꽃을 흥미롭게 바라본다. 잠옷 차림의 마사가 아이를 끌어낸다. 디건은 일어나고 싶지 않다. 그는 잠결에 개를 본다. 왠지 모르지만 개가 돌아온 것을 보니 기쁘다. 그는 돌아누워 다시 잠들려고 한다. 한참이 지나서야 그는 집에 불이 났음을 인정하고 용기를 그러모아 아래층으로 내려간다.

모두가 밖으로 나온 다음에는 가만히 서서 집을 바라볼 뿐, 아무것도 할 수가 없다. 아하울이 불길에 휩싸인다. 디건이 불길에 물을 끼얹으려고 응접실 창문을 깨지만 유리가 깨지자 불꽃이 새어 나와 처마를 핥는다. 디건은 다리가 움직이지 않는다. 그가 아이들을 본다. 아들은 괜찮다. 딸은 개를 끌어안고 있다. 디건은 집을 아직 살릴 수 있다고 잠시 믿지만 그 순간이 지나가고 보험이라는 단어가 머리를 스친다. 그는 길거리에 나앉은 자기 모습을 보지만 그 역시도 지나간다. 디건이 맨발로 아내에게 다가간다. 눈물을 흘리는 사람은 없다.

"이제 미안해?" 그가 말한다.

"뭐가 미안해?"

"당신이 헛짓을 한 게 미안하냐고."

디건이 그녀를 바라보고, 마사가 전혀 미안하게 생각하지 않는다는 사실을 서서히 깨닫는다. 그녀가 고개를 흔든다.

"당신이 딸한테 화풀이한 게 유감스러울 뿐이야." 그녀가 말한다. "그뿐이야."

"난 내가 무슨 짓을 하는지 몰랐어." 그가 처음으로 인정한다. 이제 이 길로 들어서면 끝이 없을지도 모른다. 지금까지 디건은 더없이 확신에 찬 순간에도 무언가에 끝이 있으리라고 진심으로 믿지 않았다. 그들은 열기가 너무 뜨거워져서 뒤로 물러나야 할 때까지 그 자리를 지킨다.

이제 아하울에 등을 돌려야 한다. 몇 명에게는 길이 이렇게 짧게 느껴진 적이 없고, 또 몇 명에게는 그 반대다. 하지만 길이 그렇게 밝은 적은 없었다. 불똥과 재가 날아다닌다. 오크 나무까지 불이 붙을 것만 같다. 소들이 구경을 하려고, 몸을 따뜻하게 덥히려고 울타리까지 내려온다. 그 형체가 섬뜩하지만 불빛을 받아 반쯤 우스꽝스러워 보인다.

마사가 딸의 손을 잡는다. 그녀는 모아둔 돈을, 외판원과 못 쓰게 된 붉은 장미들을 생각한다. 여자애는 그 어느 때보다 행복하다. 저지가 돌아왔다. 아이가 지금 당장 신경 쓰는 것은 그 사실밖에 없다. 자기가 오빠에게 불붙이는 법을 가르쳐줬다는 생각은 아직 떠오르지 않는다. 그 죄책감은 나중에나 생길 것이다. 디건은 무감각하지만 전보다 가벼워진 느낌이다. 과거의 고역은 사라졌고 새로운 일은 아직 시작되지 않았다. 길 웅덩이에 불길이 비쳐 은처럼 밝게 빛난다. 디건이 생각을 붙잡는다. 그에게는 일이 있고, 이건 그저 집일 뿐이고, 그들은 살아 있다.

자기가 만든 농장을 잃은 아들이 제일 힘들어한다. 아이가 했던 모든 노고가 자기 잘못 때문에 수포로 돌아갔다. 그럼에도 불구하고 흥미가 생긴다. 아이는 자기가 만든 것을 바라본다. 그 누가 피웠던 것보다 더 큰 불이다. 길 끝으로 이웃 사람들이 모여들더니 천천히 다가온다. 이제 더 가까이 다가온 사람들이 잠자리를 내주겠다고 말한다.

"누가 신경이나 쓴대?" 아이가 따라가면서 계속 속삭인다. "누가 신경이나 쓴대?"

물가 가까이

오늘 밤 그는 발코니에 나와 있다. 하얀 정장 셔츠 때문에 짙게 탄 피부가 더욱 눈에 띈다. 케임브리지를 떠나 어머니와 함께 시간을 보내려고 텍사스 해변에 온 지 닷새가 지났다. 이 위쪽은 바람이 세차다. 화분에 담긴 키 큰 화초의 플라스틱 잎이 미닫이 유리에 부딪친다. 입 벌린 황새치가 벽에 걸린 펜트하우스든, 파란 타일이든, 조금만 움직여도 사방에 비치는 수많은 거울이든 뭐 하나 그의 마음에 들지 않는다.

아침 일찍 리조트 직원들이 나와서 사유지 해변에 나무로 만든 긴 의자를 설치하고 파란색 파라솔을 세운다. 아침이 뜨거워지자 투숙객들이 밖으로 나와서 거의 알몸으로 누워 햇볕을 쬔다. 사람들은 책과 수건을 가지고 나와서 아이스박스에서 다이어트 콜라와 코퍼톤 선탠 로션을 꺼낸다. 그는 그늘에 누워서 빨래판 같은 복근을 가진 청년들이 해변을 걸어가는 모습을 바라본다. 그들은 해안에 더 가까운 모텔에 묵는, 그와 비슷한 나이의 대학생들이다.

정오가 다가오면서 참을 수 없을 만큼 더워지면 그는 해안에서 800미터는 족히 떨어진 모래톱으로 헤엄쳐 간다. 지금 여기 발코니에 서 있으니 모래톱에 부서지는 성난 파도가 보인다. 물이 점점 들어오면서 사람들의 흔적이 가득한 흰색 모래를 지운다. DDT 사용 금지가 완전히 자리 잡은 지 10년이 지났고 갈색 펠리컨이 돌아왔다. 펠리컨이 선사시대의 새처럼 바다 위를 활공하다가 높은 곳에서 갑자기 다이빙해 커다란 부리로 먹이를 잡는다. 어떤 사람이 물가 근처의 단단한 모래밭에 그림자를 드리우며 조깅을 한다.

안에서는 어머니가 이 리조트의 주인이자 공화당원인 새아버지와 말다툼을 하고 있다. 그는 가난한 집 출신이지만 수출과 부동산으로 돈을 번 사람이다. 부모님이 이혼한 후 어머니가 말하길 사랑에 빠지는 대상을 선택할 수는 없는 법이라고 했고, 몇 달 뒤 백만장자와 결혼했다. 두 사람의 이야기가, 말다툼이라는 비탈에서 속도를 높이는 두 사람의 격분한 속삭임이 들린다. 오래된 이야기다.

"리처드, 경고하는데 그 이야기는 꺼내지 마!"

"누가 꺼냈는데? 누가?"

"애 생일이야, 제발 좀!"

"누가 뭐래?"

청년이 아래를 내려다본다. 온수탕에서 한 어머니가 마음의 준비를 하더니 거품이 가득한 물속으로 들어간다. 뛰노는 아이들의 비명이 밤을 뚫고 들어온다. 그는 이런 가족 행사 때마다 찾아오는 불안을 느끼며 케임브리지에서 티셔츠와 청바지 차림으로 컴퓨터로 체스나 두면서 호주산 맥주를 마시고 있었을 수도 있는데 왜 여기에 또 왔을까 생각한다. 그가 주머니에서 커프스단추를 꺼낸다. 할머니가 돌아가시기 직전에 준 선물이다. 도금 커프스단추인데 금이 서서히 벗겨져서 그 아래 금속이 드러난다.

* * *

할머니는 처음 결혼했을 때 남편에게 바다에 데려가 달라고 졸랐다. 둘은 테네시주 출신으로 돼지를 키우는 시골 사람들이었다. 할머니는 대서양을 한 번도 본 적이 없다고 말했다. 바다를 보고 나면 마음을 추스를 수 있을 것 같다고 했다. 할머니는 제대로 설명할 수 없었지만 남편에게 조를 때마다 돌아오는 대답은 같았다.

"그럼 여기 일은 누가 하고?"

"이웃 사람들한테 부탁하면 되잖─"

"무슨 이웃? 우리 생계가 저기 달려 있어, 마시. 당신도 알잖아."

몇 달이 지나자 할머니는 만삭이 되었고 결국 바다를 보여달라고 조르기를 포기했다. 그러던 어느 일요일에 남편이 할머니를 흔들어 깨웠다.

"가방 싸, 마시." 그가 말했다. "바닷가에 갈 거야."

두 사람이 차에 탔을 때는 아직 해도 뜨지 않았다. 그들은 종일 차를 몰고 테네시의 구릉을 지나 해안으로 향했다. 산이 울퉁불퉁 솟은 초록색 농지에서 키 큰 야자수와 팜파스그래스가 자라는 메마른 평원으로 풍경이 바뀌었다. 도착하자 해가 지고 있었다. 할머니는 차에서 내려 바다로 가라앉는 빤한 태양을 보고 숨을 헉 멈췄다. 대서양은 초록빛이었다. 해초가 가득한 해안은 갈매기가 모래밭의 음식 찌꺼기를 두고 싸우는 외로운 곳 같았다.

그때 남편이 회중시계를 꺼냈다.

"한 시간이야, 마시. 한 시간 줄게." 그가 말했다. "한 시간 뒤에 이 자리로 돌아오지 않으면 당신이 알아서 집까지 찾아와."

할머니는 맨발로 거품이 이는 바닷가를 30분 동안 걸어간 다음 절벽 길을 따라 돌아왔고, 약속 시간이 5분 지났을 때 남편이 차 문을 쾅 닫고 시동을 켜는 것을 보았다. 그가 차를 출발시키려 할 때 할머니가 도로에 뛰어들어 차를 세웠다. 그런 다음 차에 올라탔고, 자신을 두고 집에 가려 했던 남자와 평생을 함께 살았다.

* * *

바다가 내려다보이는 고급 해산물 식당 레오나르도스에서 저녁 식사를 하며 그의 스물한 번째 생일을 축하하기로 했다. 흰색 정장 바지에 라인스톤 벨트를 찬 어머니가 발코니로 나왔다.

"네가 정말 자랑스러워, 아들."

"엄마." 그는 이렇게 말하고 자신을 끌어안는 엄마에게 순순히 안긴다.

어머니는 불같은 성질을 가진 작은 사람으로, 장 보러 가는 것을 좋아한다. 출발하기 전에는 먼저 신선한 자몽 주스에 보드카를 타서 한 잔 마시고 조리대에서 목록을 작성한다. 올리브오일, 아티초크 심, 발사믹 식초, 송아지 고기. 어머니가 절대 누릴 수 없었던 것들이다. 어머니는 화장지와 개 사료가 있는 통로를 피해 식품 코너로 곧장 가서 아귀, 프로슈토, 유기농 치즈를 가리킨다. 한번은 10온스짜리 벨루가 캐비어를 한 병 사서 주차장에서 손가락으로 퍼 먹은 적도 있다.

"네가 정말 자랑스러워." 어머니가 그의 목을 보며 말한다. 그런 다음 잔을 내려놓고 손을 뻗어 타이를 매준다. "자, 됐다." 어머니가 물러서서 그를 다시 바라보며 말한다. "자기 아들을 보면서 '우리 아들이 하버드대학에 가다니'라고 말할 수 있는 엄마가 몇 명이나 되겠니? 난 테네시주 돼지 농장 딸인데 내 아들이 하버드에 가다니. 기분이 가라앉으면 항상 그 생각을 해. 그러면 기운이 끝도 없이 솟거든."

어머니가 잔에 담긴 것을 한 모금 마신다. 손톱은 반짝이는 진홍색으로 칠했다.

"별거 아니에요, 엄마."

어머니가 바다를 내다보고 해변을 내려다본다. 그는 어머니가 무슨 생각을 하는지 전혀 알지 못한다.

"네가 처신만 잘하면 언젠가 이게 다 네 차지가 될 수 있어."

어머니가 리조트를 가리킨다. 사방에 거울이 걸린 뒤쪽 방에 어머니의 몸짓이 다양한 각도로 비친다. "넌 내가 왜 이 남자와 결혼할까 이상하게 생각했지만 난 줄곧 널 생각하고 있었어."

"엄마, 난—" 아들이 입을 열지만 바로 그때 백만장자가 불붙인 시가를 들고 들어와서 밤을 향해 연기를 한 모금 내뿜는다. 그는 이태리제 정장 차림에 돈으로 살 수 있는 가장 흰 치아를 가진 평범하게 생긴 남자다.

"다들 준비됐나? 난 조그만 아이 하나쯤은 먹을 수 있을 것 같아." 그가 말한다.

세 사람이 엘리베이터를 타고 1층으로 내려가자 리조트 직원이 정문을 열어준다. 금몰 장식이 달린 제복 차림의 또 다른 남자가 차를 가져온다. 백만장자가 그에게 팁을 주고 운전석 뒷자리에 오른다. 해변을 따라 걸어가면 식당까지 10분도 안 걸리지만 말이다.

레오나르도스에 도착하자 식당 주인이 그들을 맞이하고 새 아버지와 악수를 나눈다. 식당 한가운데 야자수가 자라고 앵무새 한 마리가 쇠사슬에 묶여 가지 위에 앉아 있다. 세 사람은 샹들리에 아래 자리로 안내받는다. 노란 빛이 흰 식탁보에 흘러넘치고 벽에서 첼로 음악이 나온다. 바구니에 담긴 빵과 버터, 나무판에 올린 모둠 조개가 차려진다. 새아버지가 굴을 집더니 나이프로 열어서 꿀꺽 삼킨다. 어머니가 통통한 새우를 집을 때 진갈색 피부에 마른 체구의 지배인이 다가온다.

"오늘 저녁은 어떻게 준비해 드릴까요?"

새아버지가 와인을 주문하고 샴페인을 가져오라고 한다.

"그 클린턴이라는 남자 이야기 들었어? 대통령에 당선되면 동성애자 입대를 허용하겠다던데." 그가 말한다. "어떻게 생각하나, 하버드?"

"리처드!" 어머니가 말한다.

"괜찮아요, 엄마. 글쎄요, 제 생각에는 군대의 전통이―"

"다음은 뭐지? 레즈비언이 수영팀 코치를 하고 상원 선거에 출마하려나?"

"리처드!"

"그러면 국방이 어떻게 되겠어? 동성애자 놈들이 잔뜩인데! 우리는 그런 식으로 양차 대전에서 승리를 거둔 게 아니야. 나라 꼴이 어떻게 돼가는지 모르겠다니까."

주방에서 호스래디시와 딜 냄새가 풍겨 나온다. 수조 안에 풀려 있던 바닷가재를 웨이터가 그물채로 꺼내서 두꺼운 고무줄로 집게발을 고정시킨다.

"정치 얘기는 그만." 어머니가 말한다. "오늘은 우리 아들의 날이야. 지난 학기 학점이 3.75점이었다고. 어떻게 생각해, 리처드?"

"3.75? 나쁘지 않군."

"나쁘지 않다고? 글쎄, 당연히 나쁘지 않지! 수석인데!"

"엄마."

"아니, 이번에는 입 다물지 않을 거야! 우리 아들이 수석에다가 오늘로 스물한 살이 되었잖아! 다 큰 성인이 된 거지. 건배하자."

"좋은 생각이군." 백만장자가 말한다.

그가 길쭉한 잔에 샴페인을 따른다. 거품이 일지만 그는 술이 가라앉을 때까지 기다린다.

"텍사스주를 통틀어 가장 똑똑한 청년을 위하여." 그가 말한다.

갑자기 분위기가 풀리고 세 사람이 미소를 짓는다. 오늘 저녁 식사는 다른 날과 다를지도 모른다.

"……그리고 동성애자의 입대를 반대하며!"

어머니의 미소가 뒤집힌다. "제기랄, 리처드!"

그녀가 양손을 든다. 아들은 움직이는 어머니의 손을 보며 다이아몬드가 얼마나 아름다운지 깨닫는다.

"왜 그래? 그냥 농담이잖아." 그녀의 남편이 말한다. "요즘 사람들은 농담도 못 알아듣나?"

웨이터가 금속 쟁반과 앙트레를 가지고 온다. 부인은 넙치, 청년은 연어, 그리고 바닷가재.

백만장자가 목에 턱받침을 묶고 집게를 들어서 바닷가재의 집게발을 깨뜨린다.

"하버드에 괜찮은 여자들이 좀 있겠지?" 그가 살을 꺼내며 말한다. "정말 끝내주는 여자 말이야."

"입학에 필요한 건 외모가 아니라 지성인데요."

"그래도. 아주 똑똑하고 예쁜 여자. 왜 여자를 한 번도 안 데리고 오는 거냐?"

이제 그도 할 말이 있다. 그가 대꾸할 말을 생각하고, 말하겠다고 결심하고, 그러다가 어머니를 보고 주저한다. 어머니의 눈빛이 아무 말도 하지 말라고 간청한다.

"파리 떼처럼 몰려들 텐데 말이야." 백만장자가 말한다. "너 같은 젊은 남자라면 말이야. 그래, 내가 네 나이 때는 주말마다 여자를 바꿨지."

"이 올리브!" 어머니가 말한다. "올리브 좀 먹어봐!"

백만장자가 고개를 숙이고 자기 음식에 집중한다. 청년이 연어 살을 바른다. 어머니가 나무 위 앵무새를 바라본다.

"더 필요한 거 없니?" 어머니가 익숙한, 사과하는 듯한 미소를 짓는다.

"네, 엄마." 그가 말한다. "괜찮아요. 맛있네요."

접시를 정리하고 웨이터가 식탁보 위의 부스러기를 치운 다음 지배인이 다시 와서 새아버지의 귀에 뭐라고 속삭인다. 샹들리에가 꺼지고 주방에서 긴장한 멕시코인 웨이터가 「생일 축하합니다」를 부르면서 촛불 켜진 케이크를 가지고 나온다. 분홍색 케이크, 그가 본 케이크 중에서 가장 분홍색이다. 쌍둥이 딸의 세례식 파티 때나 준비할 것 같은 케이크다.

백만장자가 빙그레 웃는다.

"소원 빌어야지!" 어머니가 외친다.

청년은 눈을 감지만, 곧바로 자신이 무엇을 빌어야 할지 모른다는 사실을 깨닫는다. 오늘 하루 중에서 가장 불행한 순간이지만 그는 입김을 세게 불어 촛불을 끈다.

백만장자가 나이프를 들고 케이크를 원형도표처럼 제각각 다른 크기로 자른다. 청년이 한 조각을 입에 넣고 프로스팅을 핥는다. 백만장자가 어머니에게로 손을 뻗더니 보석 반지 낀 손을 잡는다.

"생일 축하해, 아들." 어머니가 이렇게 말하고 남편의 입술에 키스한다.

청년이 자리에서 일어난다. 두 사람에게 즐거운 생일을 만들어줘서 고맙다고 인사하는 자기 목소리가 들린다. 불이 다시 켜지고 어머니가 그의 이름을 부르는 소리, 문 앞에서 웨이터가 "안녕히 가십시오"라고 말하는 소리가 들린다. 이제 그는 빠른 속도로 달리는 차들 사이에서 공간을 찾으며 고속도로를 건넌다. 대학생들이 산책로에 나와 있다. 그는 잠깐 서서 번지 점프대에서 비명을 지르며 공중에 몸을 던지는 여자를 바라본다. 그녀가 땅 위에 잠시 대롱대롱 매달려 있으니 어떤 남자가 와서 장비를 풀어준다.

아무도 없는 해변으로 내려가니 조류가 바닷가를 다시 차지했다. 바다는 까맣다. 밤바람이 수면에 하얀 프릴을 만든다. 그는 넥타이를 풀고 부두를 향해 계속 걸어간다. 돛을 접어 밧줄로 묶어둔 요트들이 떨면서 물에 둥둥 떠 있다.

부모님이 이혼 절차를 밟는 동안 그를 데리고 살았던 할머니는 이제 세상을 떠났다. 할머니의 부재를 느끼지 않은 적이 하루도 없다. 할머니는 인생을 다시 산다면 절대 그 차에 올라타지 않겠다고 말했다. 집으로 돌아가느니 거기 남아서 거리의 여자가 되겠다고. 할머니는 남편에게 자식을 아홉 명 낳아주었다. 청년이 차에 다시 탄 이유를 묻자 할머니가 말했다. "우리 땐 다 그랬어. 난 그렇게 생각했지. 선택의 여지가 없는 줄 알았어." 할머니는 세상을 떠났지만 그는 스물한 살이고, 이 지구에서 자리를 차지하고 있고, 하버드에서 A학점을 받았고,

달빛 속에서 아무런 시간제한도 없이 해변을 걷고 있다.

그가 신발을 벗고 맨발로 해변을 따라 걷는다. 어둠 속에서 모래톱에 부서지는 하얀 파도가 뚜렷이 보이지만 낮에 그랬던 것처럼 성나 보이지는 않는다. 그의 옷에서 시가 연기 냄새가 난다. 그는 커프스단추를 바지 주머니에 안전하게 넣은 뒤 옷을 다 벗어 바다에서 멀찍이 떨어진 곳에 둔다. 하얗게 부서지는 커다란 파도 속으로 들어가니 물이 차갑다. 그는 다시 깨끗해진 기분으로 헤엄쳐 간다. 여기 더 머물 필요는 없다. 항공사에 전화해서 비행 편을 바꾸고 케임브리지로 돌아가면 된다.

모래톱에 다다르니 슬슬 지친다. 밤이라서 물이 더 차갑고 파도는 더 화가 났지만 그는 늘 그러듯 해안으로 헤엄쳐 돌아가기 전에 여기서 쉴 수 있다. 바닥의 모래를 느끼려고 발을 내려본다. 머리 위로 두꺼운 파도가 덮쳐 그를 깊은 물속으로 빠뜨린다. 그가 물을 먹고 얕은 곳을 찾아서 더 멀리 가보지만 바닥이 느껴지지 않는다. 샴페인을 그렇게 마실 생각은 아니었다. 애초에 수영하러 올 생각도 아니었다. 그가 원한 것은 단지 행복한 생일날이었다. 그는 한참 발버둥을 치다가 더 깊이 잠수한다. 오직 숨을 쉬러 위로 올라가면 더 쉬울 것 같다. 공황이 덮치지만 시간이 지나자 평화로운 무언가로 바뀐다. 왜 정반대는 항상 이렇게 가까이 있을까? 바이올린의 아름다운

고음, 듣기 싫게 찢어지는 소리가 되기 직전의 그 음 같다. 그는 단념하고 수면으로 떠오른다. 헤엄쳐 갈 수 있겠다는 느낌이 들 때까지 둥둥 떠 있다가 서서히 해변을 향해 애쓰며 나아간다. 거리가 무척 멀지만 밤하늘을 등진 리조트 불빛이 선명하고 점점 가까워진다.

얕은 물가에 이르자 해변으로 기어 올라가 모래 위에 쓰러진다. 그가 힘들게 숨을 쉬면서 주변을 둘러보지만 조류가 그의 옷을 가져가 버렸다. 그는 바다에서 육지로 올라온 최초의 종種을, 그들에게 얼마나 용기가 필요했을지를 상상한다. 호흡이 돌아올 때까지 누워서 기다리다가 배가 모여 있는 부두로 돌아간다. 저 멀리서 어느 커플이 개를 산책시키고 있다. 그는 늘어선 요트를 차례차례 지나치며 갑판을 들여다보다가 밧줄에 걸린 노란색 티셔츠를 찾아낸다. 티셔츠를 입어보지만 너무 짧아서 은밀한 부분이 다 드러나기 때문에 팔을 넣는 구멍에 한쪽 다리를 넣고 천을 서툴게 묶어서 몸을 가린다.

리조트로 돌아오니 직원이 문을 열어준다. 그는 로비로 들어가서 버튼을 누르고 승강기를 기다린다. 도착한 승강기에는 잘 차려입은 사람들이 가득 타고 있다. 빨간 원피스를 입은 여자가 그를 보고 미소 짓는다. 그는 승강기에 올라 25층을 누른다. 승강기 벽은 전부 거울이고 거기에 비친 그는 덜덜 떨고 있는, 햇볕에 약간 탄 남자다. 문 앞에 다다른 그는 망설이다가 어머니가 열어줄 것이라고 스스로에게 말한다. 버튼을 누르고 안에서 울리는 전자 초인종 소리에 귀를 기울인다. 아무 일도 일어나지 않는다. 어쩌면 두 사람이 아직 식당에 있을지도 모른다. 어딘가 술집에 갔을지도 모른다. 어쩌면 리조트 직원이 문을 열어줄 것이다. 그가 프런트에 전화를 하면 될까 생각하고 있을 때 백만장자가 문을 열고 그를 본다.

"이런!" 백만장자가 말한다. "이게 뭐지?"

그가 허리에 기저귀처럼 묶은 노란색 티셔츠를 본다.

"좋은 시간 보냈나 봐?" 그가 말한다. "바다에서 드디어 자빠뜨릴 상대를 찾았나 보지?"

청년이 슬금슬금 그를 지나 복도를 달려간다. 그의 또 다른 모습들이 다 같이 달린다.

"너 때문에 네 엄마가 제정신이 아니야!"

그는 샤워를 하러 들어가 뜨거운 물 아래 서서 자신이 익사할 뻔했음을 깨닫는다. 한참 동안 그렇게 서 있다가 밖으로 나와서 목욕 가운으로 몸을 감싼다. 그런 다음 전화번호부에서 번호를 찾아 수화기를 든다.

"여보세요." 어떤 여자의 목소리가 들린다. "델타 항공입니다. 무엇을 도와드릴까요?"

잠시 그는 대답하지 못한다. 어머니가 잔을 들고 방으로 들어와 서 있다. 그는 어머니의 어머니를, 그렇게 먼 길을 가서 시간이 한 시간밖에 없는데도 바다에 들어가지 않았던 할머니를 생각한다. 강에서는 수영을 그렇게 잘했는데 말이다. 그가 왜 그랬냐고 묻자 할머니는 바다가 얼마나 깊은지 몰라서 그랬다고 말했다.

"무엇을 도와드릴까요?" 목소리가 다시 묻는다.

굴복

(맥가헌McGahern에 이어)

중사는 편지를 제복 안주머니에 닷새 동안 넣어두었다. 딱딱한 무언가가 들어 있지만 열어보고 싶은 마음과 뭐가 들어 있을지 몰라 두려운 마음이 딱 절반씩이었다. 늘 비슷비슷하던 그녀의 편지였지만 최근에 분위기가 달라졌고, 그는 또 다른 남자가, 교사가, 그녀 아버지의 땅에서 조랑말을 먹인다는 소식을 들었다. 그녀 아버지의 들판은 산에 있었다. 쓸모없는 골풀투성이라서 말을 먹일 풀도 별로 없었다. 중사가 계획을 실행하려면 시간이 별로 없었다. 삶이 그를 궁지로 내모는 기분이 들었다.

그날 종일 그는 직무를 수행했다. 휴게실 보초병 도허티가 그를 무뚝뚝하다고 생각했을지 몰라도 별다른 말은 하지 않았다. 그가 쉽게 욱하는 성질이라는 것만은 분명한 사실이었기 때문이다. 12월의 비 오는 날이었고 꼭 해야 할 일이 없었다. 도허티는 고개를 숙이고 허가서를 상세한 부분까지 다시 검토했다. 그런 다음 한 장 넘기면서 차가운 종이를 피부로 느꼈다. 그가 고개를 들고 약간 간절한 눈빛으로 난롯불을 물끄러미 보았다. 불이 너무 약해서 꺼진 것과 다름없었다. 중사는 늘 불을 피우라면서도 따뜻해질 정도로 피우지는 못하게 했다. 보초병이 책상 앞에서 일어나 빗속으로 천천히 나갔다.

중사는 보초병이 돌아와서 불꽃 양옆에 장작 두 개를 내려놓는 모습을 지켜보았다.

"혹시 추운가?" 중사가 미소를 지으며 말했다.

"평소와 비슷합니다." 도허티가 대답했다.

"난로에 빠짝 다가앉지 그러나?"

"12월입니다." 보초병이 당연하다는 듯 말했다.

"12월입니다." 중사가 우스꽝스럽게 따라 말했다. "지금 전쟁 중인 거 몰라?"

"그것이 상관 있습니까?"

"이 나라 사람들은 불가에 앉는 걸 좋아하지. 지금 속도라면 손을 녹이려고 웨스트민스터까지 가겠어."

도허티가 한숨을 쉬었다. "제가 나가서 도로 상황을 보고 오는 것이 좋겠습니까?"

"자넨 아무 데도 못 가."

중사가 일어나서 모자를 썼다. 빳빳하고 챙이 반짝거리는 새 모자였다. 그가 뒷문에 걸린 커다란 검정 망토로 손을 뻗더니 어깨에 극적으로 휙 걸쳤다. 보초병은 그가 서두르는 모습을 한 번도 보지 못했다. 그의 모든 움직임은 의도적이었으며 잘생긴 외모 때문에 더욱 돋보였다. 쳐다보지 않기 힘들지만 어떤 경우에도 등을 돌리면 안 될 남자였다. 그는 기분이 자주 바뀌었지만 눈에 비친 표정은 항상 똑같았다. 늘 서슬이 퍼랬다. 그와 함께 전투에 참여했던 남자들은 그가 어디로 튈지 절대 예측할 수 없었다고 말했다. 항상 제일 늦게 알게 되는 것이 그의 움직임이라고도 했다. 그는 위험하게 움직였지만 적을 읽는 묘한 재능을 드러냈다.

나무가 타닥타닥 타오르면서 그 불빛이 중사가 입은 튜닉의 금속 단추를 잠시 비추었다. 그가 몸을 숙여 바지를 접고 바짓단이 체인에 걸리지 않도록 전용 클립으로 고정시켰다. 문을 열자 바람이 세게 불어 들어와 판석에 비를 후두둑 떨어뜨렸다. 중사가 밖으로 나가 잠시 서서 날을 바라보았다. 그는 늘 잠시 서 있는 것을 좋아했다. 그런 다음 고개를 돌려 도허티를 보자 보초병은 그가 자기 생각을 읽는 것이 분명하다고 생각했다.

"치맛자락 태우지 말고." 중사가 이렇게 말하더니 문도 닫지 않고 가버렸다.

도허티가 자리에서 일어나 중사가 막사 도로를 따라 자전거를 타고 가는 것을 지켜보았다. 중사가 자전거를 타고 가는 광경은 뭔가 우스꽝스러웠지만 그의 말이 마음에 남았다.

누군가를 모욕하는 것은 세상에서 가장 쉬운 일이었다. 그는 어느 날 밤 침대에 누워서 아내가 자는 줄 알고 어둠 속에서 이 말을 소리 내서 했는데, 아내는 때로 누군가를 모욕하지 않기가 더 힘들다고, 그리스도인이라면 극복하도록 노력해야 할 약점이라고 대꾸했다. 그는 아내의 숨소리가 달라진 뒤에도 한참 동안 잠 못 이루고 누워서 그 말을 곰곰이 생각했다. 무슨 뜻이었을까? 여자의 마음은 유리로 만들어졌다. 너무 투명하지만 또 너무 쉽게 깨졌다. 더 단단한 다른 유리 같은 생각에 졌다. 남자를 매료하는 동시에 겁을 주기에 충분했다.

막사는 조용하지만 평화롭지는 않았다. 이곳은 평화로운 적이 단 한 번도 없었다. 겨울이 와서 비가 질주하고 바람이 헐벗은 언덕을 할퀴었다. 도허티는 나무를 더 가지러 가고 싶다는 어린애 같은 충동, 불을 키워서 활활 타오르게 만들고 싶은 충동을 느꼈지만 중사가 언제든 돌아올 수 있었고 겨우 불을 키우는 것만으로도 끝장날 수 있었다. 그의 보직은 날조에 불과했고 쉽게 해제할 수 있었다. 펜만 한 번 휘갈기면 끝이다. 그는 의자를 불가로 끌고 가서 아내와 아이를 생각했다. 곧 둘째가 태어난다. 그는 자기 인생에 대해서만 생각하다가 이런 생각이 어떤 결론에도 이르지 못할 것임을 깨달았다. 그러다가 불을 향해 쭉 뻗은 자기 손을 보았다. 중사가 돌아와서 손바닥에 불을 쬐고 있는 모습을 보면 하지 못할 말이 없을 것이다.

자전거에서 내린 중사는 도로 한편의 주목 아래 가만히 서 있었다. 주목은 심은 시기가 제각각이었고 그 밑에 서서 비를 피하면 기분이 좋았다. 똑같은 검은 연기가 아직도 막사 지붕으로 쏟아져 내리고 있었다. 거의 한 시간 가까이 서서 지켜보았지만 연기는 변하지 않았다. 도허티가 헛간으로 가는 낌새도 없었다. 강아지는 키운 방식 그대로 개가 된다. 비가 약해지자마자 그는 주목 아래에서 나와 마을로 향했다.

길을 따라 조금 더 가자 한 남녀가 서서 이야기를 나누고 있었다. 언덕 쪽에 사는 맥마누스 집안의 청년이 모자를 한껏 뒤로 밀어 얼굴을 드러내고 자전거 안장에 기대어 서 있었다. 여자는 웃고 있었지만 중사를 보자마자 조용해졌다.

"아무것도 안 하기 참 좋은 날이지." 중사가 모호하게 말했다. "나도 대낮에 여자들한테 달콤한 말이나 속삭이고 있으면 얼마나 좋을까?"

여자가 얼굴을 붉히고 고개를 돌렸다.

"난 그만 가야겠어, 프랜시." 그녀가 말했다.

청년은 꼼짝도 하지 않았다.

"차선이 반대 방향인 걸 모르나?" 중사가 물었다. "이 나라 젊은이들은 자기가 어느 쪽인지도 모르나 보지?"

청년이 자전거를 반대 방향으로 돌렸다.

"이제 마음에 드십니까?" 그는 여자 때문에 중위에게 이렇게 말했지만 그녀는 이미 가고 없었다.

"내 마음에 드는 모습은 이 나라 젊은이들이 소매를 걷어 올리는 광경이지." 중사가 말했다. "너 같은 놈들더러 멍하니 한가롭게 지내라고 남자들이 목숨을 건 게 아니야."

한가롭게 지내는 게 안 된다면 뭘 하면 됩니까? 청년은 이렇게 말하고 싶었지만 여자와 함께 용기도 사라져 버렸다. 그는 자전거에 올라 여자를 부르며 따라갔다. 여자는 돌아보지 않았고 중사가 그녀를 지나칠 때도 푹 숙인 고개를 들지 않았다. 중사는 여자의 어머니를 알았다. 여름에 그에게 버터와 루바브를 준 과부였는데, 그녀가 가진 것은 집 뒤의 황량한 땅 4000제곱미터밖에 없었다. 알고 보니 이 지역 전체에 땅을 가진 여자가 거의 없었다.

그는 시내로 가서 다이그넌의 가게 벽에 자전거를 기대어 세웠다. 뒷문은 빗장이 걸려 있었다. 그가 뒷문을 밀어 열고 연기가 가득한 갈색 부엌으로 들어갔다. 아무도 없었지만 빵 굽는 냄새와 조금 전에 양파를 튀긴 냄새가 났다. 허기가 그를 덮쳤다. 아침 이후 아무것도 먹지 못했다. 불가로 다가가서 묵직한 쇠고리에 걸린 주철 팬을 보았다. 뚜껑에는 불씨가 올려져 있었다. 바로 옆에서 고양이가 침 묻은 발로 몸을 씻고 있었다. 가게로 쓰이는 앞쪽 공간에서 이야기가 새어 나왔다. 무슨 말인지 다 들렸다.

"아무리 그래도 그렇게 거만하게 굴 수 있다니 정말 대단하지 않아?"

"사람들은 그 남자한테서 도대체 뭘 보는 걸까?"

"잘생기지 않은 건 아니야." 또 다른 사람이 말했다.

"제복도 입었잖아?"

"한밤중에 그 옆에 딱 달라붙어 자면 아주 섬뜩할 거야." 그런 다음 낄낄거리는 웃음 소리가 들렸는데 여자였다.

중사는 꼼짝도 하지 않았다. 그에게 익숙한, 차분한 우월감이 찾아왔다. 그보다 못한 이들은 그 느낌에 굳어졌겠지만 중사는 그때야말로 살아 있는 것 같았다. 가시금작화 밑에서 사정거리 안에 기관총 사격수가 보였던 그때로 돌아간 기분이었다. 음모를 꾸미는 익숙한 전율, 곤두선 신경. 그가 가게 문에 더 가까이 다가서려 하는데 갑자기 문이 열리더니 여자가 들어왔다. 그녀는 멈춰 서기도 전에 중사를 보았다.

"안녕하세요, 중사님!" 그녀는 중사가 멀리 떨어져 있기라도 한 것처럼 소리쳤다.

가게에서 히히덕거리던 소리가 딱 멈추었다. 다급하게 속삭이는 소리와 포터 맥주병이 챙그랑거리는 소리가 났다. 여자가 행주를 들고 다가가서 불 위의 고리에 걸린 팬을 내렸다. 그녀가 불씨를 하나도 떨어뜨리지 않고 뚜껑을 열더니 빵 한 덩어리를 꺼냈다. 반죽에 십자로 깊게 자국을 낸 흰 빵이었다. 중사는 몇 달 동안 흰 빵을 구경도 못 했다. 여자가 손등뼈로 빵을 세 번 치자 둔탁한 소리가 났다.

중사는 그 여자를 인정할 수밖에 없었다. 그녀는 차분하게 구는 법을 알았다. 이제 이 나라에 그런 여자가 거의 남지 않았다. 여자가 가게 문으로 가서 가게 쪽을 보지도 않고 닫았다.

"비둘기는 아직 안 왔겠지요?"

"어젯밤에 왔어요." 그녀가 말했다.

"전부 오지는 않았겠지요?"

"전부 저기 있어요. 딱 열두 개. 막 가져와서 신선해요."

"가격이 상당하겠군요."

그녀가 가격을 말하자 그의 몸에 새로운 전율이 흘렀다. 그가 생각한 가격의 거의 두 배였다. 그가 누려본 적이 없을 정도의 사치였지만 기쁜 마음을 숨겼다.

"지금 가져가야겠군요." 그가 투덜거리며 말했다.

"원하시는 대로 하세요." 여자가 말했다.

가게 문이 활짝 열리더니 그녀의 수많은 아이들 중 하나인 작은 남자애가 가게에서 달려 들어왔다.

"문 잠가, 숀. 착하지." 여자가 말했다.

아이는 문이 딸깍 닫힐 때까지 몸으로 밀더니 빗장을 걸었다. 아이가 여자에게 다가가서 빵을 쳐다보았다.

"빵이에요?" 아이가 고개를 기웃하며 물었다. 얼굴이 창백하고 눈 밑이 거뭇했다.

"식으면 먹어도 돼." 여자가 빵을 창가에 기대 세우며 말했다. 그녀가 뒷문 빗장을 걸고 찬장 아랫부분을 열었다. 옅은 색 나무 상자에 천이 덮여 있었다. 그녀가 천을 치우자 중사가 그 냄새를 맡았다. 하나하나 얇은 분홍색 티슈로 싸여서 나무 부스러기 위에 놓여 있었다.

아이가 식탁 위로 몸을 내밀고 빤히 보았다.

"뭐예요, 엄마?"

"양파야." 여자가 말했다.

"아니잖아요!" 아이가 소리쳤다.

"맞아." 그녀가 말했다.

아이가 손을 뻗어 티슈를 살짝 건드리더니 중사를 올려다보았다. 중사는 아이의 굶주린 시선을 느꼈다. 그는 티슈를 일일이 다 벗기고 그것을 코에 가져다 댄 다음 망토를 젖히고 돈을 꺼내려고 주머니에 손을 넣었다. 손을 넣었을 때 손가락이 쓸데없이 편지 봉투 위에서 머뭇거렸고, 자기 손이 편지를 반쯤 열고 싶어 한다는 것을 깨달았다. 중사가 서서 기다리는 동안 여자가 상자를 밀가루 포대로 쌌다.

"크리스마스라서 사시는 건가요, 중사님?"

"크리스마스라." 그가 말했다. "네."

그녀가 부엌 식탁에서 돈을 셌고, 그가 돈을 더 주면서 빵을 팔라고 하자 그녀가 아이를 보았다. 이제 아이의 얼굴이 더욱 창백해졌다. 피부가 분필 같았다. 아이는 엄마가 갈색 종이로 빵을 싸는 것을 보고 울음을 터뜨렸다.

"엄마!" 아이가 울부짖었다. "내 빵!"

"쉿, 아가. 또 만들어줄게." 그녀가 말했다. "중사님 가시면 바로 만들어줄게."

중사가 꾸러미를 가지고 뒤로 나가서 자전거 짐받이에 조심스럽게 묶었다. 이제 막사로 돌아갈 준비가 되었지만 부엌으로 다시 들어가서 잠긴 문을 열고 가게로 들어갔다. 중사가 왔다는 소리에 멈추었던 대화가 일상적인 담소로 바뀌었지만 그가 가게에 들어가자 그것마저 뚝 끊겼다. 그는 침묵을 헤치고 걸어가면서 항상 느꼈던 그 익숙한 거리감과 우월감을 느꼈다. 그는 이 근처에서 자랐고 사람들은 그의 가족을 알았지만 그는 절대 그들과 비슷한 사람이 되지 않을 것이었다. 그는 카운터에 서서 짙은 색 나무의 얼룩을 보았다.

"날씨가 참 사납지 않아요?"

침묵을 견디지 못하는 사람이 늘 있다. 다른 상황이라면 타인을 죽게 만들 수도 있는 사람이었다.

"불이 필요한 날씨예요." 다른 사람이 말했다.

중사는 누구 한 사람이 나서기를, 대놓고 뭐라 하기를 바라지만 아무도 그럴 용기가 없었다. 그의 앞에서는 가볍고 엉큼하게 한가로운 농담이나 할 테고, 중요한 이야기는 그가 떠난 직후에야 나올 것이다. 중사가 달력이 걸린 정문 앞에 멈춰 섰다. 그는 날짜를 잘 알았지만 달력을 열심히 들여다보았다. 거기 서서 12월을 들여다보고 있으니 날카로운 확신이 들었다.

그가 한마디도 없이 문을 열고 빗속으로 나갔다.

"흠!" 도로 위로 자전거를 열심히 밀어 올리는 중사를 보면서 다이그넌이 말했다.

"도대체 누가 그런 생각을 할까?"

"사람은 같이 살지 않으면 모른다니까!"

포터 맥주병이 다시 나왔다. 다이그넌이 맥주를 한 모금 마시고 몸을 쭉 펴더니 손을 등 뒤로 가져갔다. 그가 똑같이 흉내를 내며 벽으로 천천히 걸어가서 달력에 코를 박았다.

"12월인가?"

"네, 중사님."

"1년 중 이맘때 오렌지가 잘 익을 것 같나?"

그가 이렇게 말하자마자 웃음이 퍼져나갔다. 남자들은 전부 머릿속으로 중사가, 거구의 IRA 전사가 앉아서 오렌지 먹는 모습을 떠올리고 있었다. 다이그넌이 카운터로 가서 나무 냄새를 맡았다. 그런 다음 남자들을 향해 뻣뻣하게 돌아섰다.

"이게 뭐지? 맥주 냄새인가?"

"무대에 서도 되겠어!"

"아닙니다, 중사님!" 다른 남자가 외쳤다. "오렌지입니다!"

다이그넌은 계속 흉내를 냈다. 새롭게 웃음이 터져 나왔고, 손에 밀가루를 잔뜩 묻힌 여자가 부엌에서 들어와 도대체 뭐가 그렇게 재밌냐고 묻기 전까지는 웃음이 가시지 않았다.

중사는 빗속에서 자전거를 밀어 막사로 돌아가면서 머릿속으로 이 장면을 보았다. 웃으라지. 마지막 웃음은 그의 것이 될 테다. 비가 자전거 핸들에, 그의 망토에, 자전거 흙받기에 튀었다. 저녁 내내 비가 왔다. 일주일 넘도록 갠 날이 없어서 길이 험하고 미끄러웠다.

휴게실에 도착해 문을 살며시 밀어보니 도허티가 의자에서 깊이 잠들어 있었다. 중사는 책상으로 몰래 다가가 서류가 든 상자를 들어서 떨어뜨렸다. 도허티가 깜짝 놀라 잠에서 깼다.

"이제 정신 차릴 때가 된 것 같은데!" 중사가 외쳤다.

"그게 아니라―"

"아니라고! 뭐가 아니야?"

"그게 아니라―"

"그게 아니라! 그게 아니라! 당장 일어나서 집으로 가!" 중사가 외쳤다. 그가 장부를 보았다. "게을러터져서 강우량 기록도 안 했나?"

보초병이 잠에서 깨지도 못한 채 비틀거리며 빗속으로 나가 우량계를 읽었다. 전부 그에게는 새로운 일이었다. 그가 돌아와서 장부에 수치를 적고 서명했다.

"내일은 기분이 나아지시기를 바랍니다." 도허티가 잉크를 찍어내며 말했다.

"똑같을 거야." 중사가 말했다. "그리고 오늘은 일찍 가도 다른 날 보충 근무를 서야 한다는 거 잊지 마."

"저야 항상 여기 있지 않습니까." 도허티가 한숨을 쉬며 말했다.

"내가 모를 것 같나? 자네가 걸리적거리지 않는 것 같아?"

"저는 뭐든—"

"자네가 도움이 된 적이 있나? 그게 문제야. 아무 도움도 안되면 다른 곳으로 가는 게 낫지 않겠어?"

도허티가 중사를 한 번 보고 외투를 입었다. "더 시키실 일 있습니까?"

"그게 다야." 중사가 잘라 말했다. "자네가 할 수 있는 건 이 정도지. 아니면 이 정도도 안 되든가. 세상에, 가끔은 시끄러운 여자들로 군대를 꾸리는 게 낫겠다는 생각이 안 들 수가 없다니까."

보초병이 외투를 입고 밖으로 나가 문을 살짝 닫았다. 중사는 창가로 가서 그가 집 쪽으로 페달을 열심히 밟는 모습을 지켜보았다. 중사는 알았다. 도허티는 이 보직을 잃어도 될 형편이 아니었다. 그는 도허티가 모퉁이를 돌 때까지 지켜본 다음 석탄을 가지러 나갔다.

그에게 신세를 진 개신교도가 답례로 준 석탄이었다. 중사가 부지깽이를 불 속 깊이 찔러 넣고 장작을 전부 긁어 모았다. 그런 다음 불씨에 석탄을 올렸다. 곧 불이 활활 타오를 것이다. 그는 자전거를 불가로 끌고 와서 꾸러미를 풀었다. 바지에서 클립을 빼고 망토를 문 뒤에 건 다음 자리에 앉았다. 마침내 혼자 앉아 있으니 마음이 편안해졌다.

그는 타이어 자국과 자기 발자국, 망토에서 판석 위로 뚝뚝 떨어지는 빗물 자국을 보았다. 중사는 불이 방을 데우고 바닥을 말릴 때까지 자신이 남긴 자국들을 바라보았다. 그런 다음 튜닉을 벗고 편지를 뜯었다. 편지를 뜯자마자 반지가 손바닥에 떨어졌지만 그의 손은 이미 예상하고 있었다. 그가 반지를 흘깃 본 다음 편지를 읽었다.

12월 9일
마이클에게

난 우리가 더 이상 함께할 수 없다는 결론을 내렸어. 나는 충분히 오래 기다렸고, 애정의 증표라고 여겼던 이 반지는 이제 장식품에 불과해. 전부 내가 기대했던 것과 너무 달라. 난 지금쯤 우리가 결혼해서 같이 삶을 꾸리고 있을 줄 알았어. 난 당신이 거기서 뭘 하는지, 왜 안 오는지 모르겠어. 당신도 약혼을 지속하는 것이 편하지 않을 테고 나도 이제 불편해.

우리가 함께할지 계속 떨어져 지낼지 결정할 때가 됐어. 난 더 이상 미뤄야 할 이유를 모르겠어. 당신이 다른 여자들한테 추파를 던지고 있다고 들었어. 지난주에도 지지난 주에도 맥과 이어 가게 앞에서 당신을 봤대. 마음이 바뀌었다면 나에게 알려 주는 게 당신의 의무야. 반지를 동봉해. 우리는 모두 잘 지내고 있으니 당신도 건강하게 지내고 있길 바라.

당신의 수전으로부터

생각했던 대로였다. 그녀가 그를 부르고 있었다. 그는 자신이 옳았다는 사실에 위안을 느꼈지만 내심 틀리기를 바랐다는 사실에 화가 났다. 희망은 언제나 제일 마지막에 죽는다. 그는 이 사실을 어렸을 때 배웠고 군인으로서 직접 목격했다. 그가 반지를 불에 비추며 바라보았다. 보석이 그의 생각보다 작았고 일을 할 때도 반지를 빼지 않았는지 얇은 금테가 닳았다. 그는 편지를 다시 읽지 않았다. 메시지는 분명했다. 그는 편지를 원래 모양대로 접어서 묵직한 철제 상자에 넣고 잠갔다. 그런 다음 열쇠와 반지를 책상에 올려놓고 소매를 걸었다.

방이 따뜻해졌고 이제 체인도 말랐을 테다. 불빛이 자전거 바퀴 테, 핸들, 바퀴살을 비추었다. 그는 자전거를 뒤집어서 한 손으로 페달을 천천히 돌리면서 기름 깡통의 노즐을 체인에 가져다 댔다. 기름을 칠하면서 돌아가는 체인을 보고 있으니 체인이 사슬 톱니에 완벽하게 맞는 것이, 톱니의 이가 체인에 딱 맞게 만들어진 것이 놀라웠다. 어딘가에서 어떤 남자가 자기 무게를 이용해서 앞으로 나아갈 수 있다고 믿었다. 그 남자는 머릿속으로 그 장면을 상상하면서 계속 노력했고 결국 이루어냈다. 자전거에 기름을 바르자 예전에 총을 손질할 때 느꼈던 즐거움이 피어올랐다. 총신을 따라 천을 밀어 넣는 느낌, 금속의 둔탁한 번쩍임, 탄실에 미끄러져 들어가는 총알. 모든 것이 다른 무언가를 위해 만들어졌고, 그 존재 덕분에 매끄럽게 굴러갔다.

어렸을 때 탁자에 놓인 설탕 그릇을 떨어뜨린 적이 있었다. 설탕이 엎어졌고 유리 조각이 섞여서 못 쓰게 되었다. 그것이, 판석에 설탕이 쏟아진 충격적인 광경이 아직도 눈에 선했다. 어머니가 그를 자전거 쪽으로 데리고 가더니 그의 손가락을 바퀴살에 아주 가까이 가져다 대고 바퀴를 돌렸다. 바퀴는 한참 돌아갔고, 어머니가 팔다리를 잘랐어도 그렇게 고통스럽지는 않았을 것이다. 그것은 처음으로 배운 교훈이었고, 그는 그

교훈을 평생 간직했다.

이제 중사는 자전거를 소유하고 있다는 사실에 어린애 같은 자부심을 느꼈다. 그는 자전거를 똑바로 세우고서 몸이 후끈거리고 만족스러운 느낌이 들 때까지 타이어에 바람을 넣었다. 먼 목적지까지 타이어가 그의 무게를 버티겠다는 확신이 들자 자전거를 책상에 기대어 세웠다. 그런 다음 포대에서 상자를 꺼내서 불가에 자리를 잡았다.

중사는 손을 뻗으면서 망설였지만 그가 고른 과일은 묵직했다. 껍질이 쉽게 벗겨지지 않았고 엄지손톱이 과육에 기름 자국을 남겼다. 맛을 보니 달콤하면서도 씁쓸했다. 씨가 아주 많았다. 그는 씨를 하나씩 뱉어서 불 속에 던졌다. 과즙이 떨어져 제복에 얼룩이 생겼지만 도허티에게 쪽지를 써서 다이그넌의 여자한테 세탁을 맡기라고 하면 된다. 첫 번째 오렌지의 마지막 조각을 삼키기도 전에 다음 오렌지를 향해 손이 나갔다. 이번에는 과육을 망치지 않도록 엄지손톱을 껍질에 바짝 붙였다. 껍질은 활활 타는 석탄 위에서 잠시 그을리다가 쪼그라들었고 얼마 지나자 불의 일부가 되었다.

그가 아는 여자들이 머릿속에 떠올랐다. 그는 여자들을 따로따로—무슨 말을 했는지, 또는 정확히 뭘 입고 있었는지—생각하려 했지만 머릿속에서 완전히 뒤섞여서 전부 한 사람

같았다. 스타킹 위의 불룩 솟은 부분, 얕은 숨소리, 머리카락에서 풍기는 몰트 식초 냄새. 그 모든 것이 얼마나 빨리 끝났는지. 그는 오렌지를 먹으면서 여자들을 생각하다가 누구든 별 차이가 없다는 결론을 내렸다. 마지막 씨앗을 석탄에 뱉고 나니 배가 무척 불렀다.

"또 다른 참사군." 그가 빈방에 대고 큰 소리로 말했다.

벽에 걸린 시계가 째깍째깍 소리를 냈고 비가 막사 문을 세차게 두드렸다. 그는 상자를 태우고 석탄 가루를 불씨에 던졌다. 그가 밤을 어떻게 보냈는지 흔적이 하나도 남지 않았다는 확신이 들자 촛불을 켜 들고 계단을 올라갔다. 몸이 떨려서 불빛도 흔들렸다. 그는 옷을 벗지 않았다. 침대에 그대로 누워서 시계로 손을 뻗었다. 시계를 점점 죄는 태엽이 느껴지자 더 이상 움직이지 않을 때까지 감고 싶은 익숙한 욕망이 피어올랐지만 늘 그러듯 그 마음을 억누르고 촛불을 불어서 껐다. 그런 다음 차가운 침대 한가운데로 몸을 굴렸다. 눈을 감자 마음 깊은 곳에서 익숙한 불안이 검은 물처럼 반짝였지만 그는 금방 잠들었다.

첫 새벽이 밝기 전에 중사는 더듬더듬 화장실로 갔고 오렌지가 자기 몸을 통과하는 것을 느꼈다. 그러자 새삼 더욱 사치스러운 기분이 들면서 만족스러웠다. 그는 안으로 들어가서 램프를 켜고, 차를 우리고, 흰 빵에 버터를 발랐다. 선반에서 면도칼을 꺼내 가죽끈으로 갈아서 수염을 깎았다. 거울 속에 설명할 수 없는 그림자들이 보였지만 개의치 않았다. 그는 씻고 괜찮은 갈색 양복으로 갈아입은 다음 반지와 열쇠를 챙겨서 밖으로 나가 날을 살펴보았다. 비는 오지 않았지만 하늘 한쪽에 구름이 몰려 있었다.

그는 도허티에게 쪽지를 남기고 바지에 클립을 끼운 다음 어깨에 망토를 걸쳤다. 안장에 앉으니 그의 무게 때문에 스프링이 내려앉는 느낌이 났다. 그는 반지와 열쇠를 확인한 다음 페달에 발을 올리고 출발했다. 곧 그는 힘들게 페달을 밟아 언덕을 올라가면서 이제 빈둥거리며 여자들의 얼굴을 붉히게 만들던 시절이 끝나고 있음을 인식했다. 싸늘한 느낌이 치솟았다. 그에게는 새로운 느낌이었고, 새로운 것은 뭐든 그러하듯 그를 불안하게 만들었다. 하지만 그는 뭐라고 말할지 생각하면서 페달을 계속 밟았다. 그녀가 사는 동네에 가까워질 무렵 그는 점차 비가 내리고 있음을, 비가 내는 소리를 의식했다. 핸들에 구슬이 떨어지는 것처럼 달그락거리는 소리가 났다.

그는 그녀의 동네에 들어가면서 골풀을 보았고 그 아래의 진흙이 얕다는 사실을 깨달았다. 그는 쓴맛을 느끼면서 산으로 향했지만 반쯤 올라가기도 전에 숨이 차서 자전거에서 내려야 했다. 그는 계속 걸어가면서 자기 미래를, 빵을 두드려 둔탁한 소리를 내는 여자의 앙상한 손과 굶주린 시선으로 빵을 보는 아이를 느낄 수 있었다.

† 「굴복」은 아일랜드 소설가 존 맥가헌의 『회고록Memoir』에 실린 사건에서 영감을 받았다. 맥가헌의 아버지는 결혼하기 전에 골웨이에서 벤치에 앉아 오렌지 스물네 개를 먹었다고 한다.

귀큰 나무 숲의 밤

옛날옛적에 시골에서는 어느 집에서나 지금처럼 발을 씻었고, 다 씻고 나면 더러운 물을 밤새 집 안에 두면 안 되기 때문에 밖에 내다 버려야 했습니다. 노인들은 발 씻은 물을 바깥에 버리지 않고 집 안에 두면 나쁜 일이 생긴다고, 또 물을 버릴 때는 불쌍한 영혼이나 혼백이 피할 수 있도록 "샤헌Seachain!"이라 외쳐야 한다고 항상 말했지요. 하지만 여기서 그건 중요하지 않고, 나는 내 이야기를 계속해야 합니다…….

_아일랜드 설화 '발 씻은 물'에서

사제가 죽은 지 얼마지 않아 그가 살던 더나고어 언덕의 집으로 한 여자가 이사했다. 그녀는 용맹한 여자였지만 바닷가 살이에 익숙하지 않은 것이 분명했다. 빨랫줄에 빨래를 널면 5분도 안 돼서 이탄지 쪽으로 반쯤 날아가 버렸다. 마거릿 플러스크는 모자도, 고무장화도, 남자도 없었다. 긴 갈색 머리가 등 뒤로 해초처럼 느슨하게 내려왔다. 그녀는 딱 맞는 커다란 양가죽 외투를 입었고, 인간 세상을 내다볼 때는 많은 것을 견뎌내고 살아남은 여자처럼 엄격한 시선이었다. 마거릿은 더나고어로 이사 왔을 때 마흔 살도 채 안 되었지만 아이를 낳을 수 있는 때는 이미 지났다. 아이를 낳을 능력은 벌써 몇 년 전에 사라졌는데, 그녀는 항상 퀴큰 나무† 숲의 밤 때문이라고 생각했다.

사제의 집은 언덕 제일 높은 곳에, 밤이 되면 방에 그림자를 드리우는 안테나 기둥 옆에 서 있었다. 크기가 똑같은 다른 집과 붙어 있었기에 두 집은 모허 절벽에 앉아서 꼼짝도 하지 않는 두 마리 토끼처럼 아래를 내려다보았다. 그녀가 왔을 때

---

† 퀴큰 나무는 마가목의 또 다른 이름이다. 어마어마한 마력과 보호력을 가진 나무로 여겨진다. 신화에서는 마법을 거는 힘을 가졌다고 언급된다. 아일랜드어 이름인 '키어한(caorthann)'은 베리(berry)라는 뜻과 활활 타는 불이라는 뜻을 가진 키어(caor)에서 파생되었다. '퀴큰(quicken)'이라는 이름은 활기를 주는, 또는 생명을 주는 마가목의 힘을 가리킨다.

는 가을이었다. 제비는 이미 오래전에 떠났고 아직까지 덤불에 매달려 있는 블랙베리는 이미 썩기 시작했다. 집에서 사제의 냄새가 났다. 마거릿은 지니고 싶지 않은 것은 무엇이든 마당으로 끌고 나가 불을 붙였다. 그녀는 미신을 믿었기 때문에 사제의 옷은 보관했다. 옷을 주면 사제가 다음 세상에서 알몸으로 돌아다니지 않게 된다. 그녀는 흰색 유액으로 벽과 천장을 전부 칠하고 바닥과 현관문 앞 계단을 소독하고 천으로 문지르면 뽀드득 소리가 날 때까지 창유리를 닦았다. 클레어Clare 출신은 아니었지만 더러운 집에서는 좋은 일이 생기지 않는다는 사실을 알았기 때문이다.

마거릿은 굴뚝 청소를 한 다음 들판을 재빨리 가로질러 연기가 피어오르는 농장 가옥으로 갔다. 곧 그녀가 한 삽 가득 불씨를 얻어서 이탄지 위로 긴 다리를 불편하게 쭉쭉 뻗으며 집으로 달려갔다. 그 뒤로 항상 연기가 피어올랐다. 그녀는 불을 꺼뜨릴 만큼 오랫동안 집을 비우지도, 잠을 자지도 않았다. 사실 그녀는 별이 아직 떠 있을 때 일어나는 것을 좋아했다. 떨어지는 별을 보면 만족스러웠다. 마거릿은 자연의 힘을 믿었을지 몰라도 불운을 불러온다는 행동은 열심히 피했다. 그녀는 불운을 이미 겪었으므로 이제 월요일에 절대 재를 버리지 않았고, 일꾼을 지나칠 때는 반드시 그의 일을 축복했다. 난로에 소금을 뿌리고, 침실 벽에 성녀 브리지다의 십자가를 걸고, 달의 변화를 주시했다.

그녀는 집을 깨끗이 청소한 다음 언덕 아래로 차를 몰고 내려가서 해안을 빙 돌아 에니스티몬으로 갔다. 길은 좁고 가팔랐다. 도랑에서 이탄지의 물이 빠르게 흐르는 소리가 들렸다. 돌벽 너머에서 앙상한 소들과 털이 긴 양 몇 마리가 풀을 뜯었다. 조랑말들은 바람이 수태受胎를 시켜준다는 듯이 바람을 등지고 서 있었다. 모든 생물이 하늘을 날 수 있거나, 금방이라도 날아갈 것만 같았다.

마거릿이 어렸을 때 어머니가 노크로 성지 순례를 갔다가 막대 사탕과 우산을 가지고 돌아왔다. 마거릿은 바람이 세찬 날을 기다렸다가 날 수 있을 줄 알고 보일러실 담벼락에서 우산을 펴고 뛰어내렸다가 도로에 떨어져 발목이 부러졌다. 성인이 된 다음에도 근거 없는 생각이 틀렸다는 것이 그렇게 빨리 증명된다면 좋았을 텐데. 어른이 된다는 것은 대체로 어둠 속에서 지내는 것이었다.

마을로 내려오니 정신 나간 백발 남자가 다리에 서서 교통지도를 하고 있었다.

"빨리! 빨리! 곧 겨울이 온다고!"

마거릿은 밀가루와 설탕, 오트밀, 버터밀크와 차, 완두콩과

강낭콩, 감자, 절인 생선을 사 와서 빵을 구웠다. 5시가 되어 사위가 어두워지자 그녀는 밖으로 나가서 치마를 걷어 올리고 풀밭에 쪼그리고 앉았다. 그녀는 집 주변의 모든 풀잎에 소변을 보고 싶었지만 이유는 자신도 몰랐다. 풀은 길고 위쪽이 시들했다. 더 나아고어는 나무 한 그루도, 가을에 시든 나뭇잎 한 장도 볼 수 없는 이상한 곳이었다. 출렁이는 이탄지와 쉬지 않고 움직이는 구름 아래에서 비명을 지르며 날아다니는 갈매기들밖에 없었다. 풍경은 금속처럼 견고하고 영원해 보였지만 오크 나무와 마가목의 고장에서 온 마거릿에게는 덧없는 느낌이었다. 여름에 그늘도 없을 테고 8월이면 노랗게 익는 보리밭도 없을 것이다. 동쪽에서는 지금쯤 하늘이 낙엽에 가려지고 암소들이 헛간으로 들어가고 젖소들이 칸막이에 묶일 것이다.

다음 날 아침, 마거릿은 재를 비우러 나갔다가 바람에 날린 재가 눈에 들어가서 앞이 보이지 않았다. 그녀는 안으로 들어와서 누구도 해치지 않고 누구도 자신을 해치게 두지 않으면서 이 집에서 최대한 오래 살겠다고 결심했다. 자신이 누군가를 해치거나 그 반대의 경우가 생기면 그녀는 다시 이사할 것이다. 여기까지 온 경로를 이어 배를 타고 아란 제도로 건너가서 아일랜드의 최서단으로 옮길 것이다. 하지만 그때까지는 최선을 다해 사람들과 적당히 거리를 두자. 사람들은 귀찮기만 할 뿐이었다.

모든 남자가 낫을 갈거나 이탄을 캘 수 있는 것은 아니다. 옆집에 사는 마흔아홉 살 총각 스택은 대머리였고 눈에 회색 씨앗 같은 것들이 있었다. 그는 아버지가 세상을 떠날 때까지 평생 그곳에 살며 일했다. 아버지가 죽었을 때 스택은 서른여덟 살이었고, 이제 모든 땅과 이탄에서 나오는 수입이 그의 것이 되었다. 그는 혼자가 아니라 집을 마음대로 드나드는 매끈한 갈색 염소 조지핀과 같이 살았다. 조지핀은 낮이면 난롯불을 빤히 바라보았고 밤에는 침대를 절반 이상 차지했다. 스택은 매일 조지핀의 젖을 짜고 젖꼭지에 팜올리브를 발라주었으며, 마을에 가면 늘 조지핀에게 줄 무화과롤을 잊지 않고 사왔다. 그는 리힌치 외곽에 사는 소농의 딸에게 12년 동안 구애하면서 일요일 저녁 식사를 624번이나 사주었지만 그녀는 치맛자락도 건드리지 못하게 했고 그녀의 눈앞을 가린 머리카락을 치워 얼굴을 제대로 보게 해주지도 않았다. 한번은 그녀가 약간 취했을 때 소농의 집 뒷문 앞에 세워둔 차에서 그가 그녀의 맨 무릎에 손을 올린 적이 있지만 그게 전부였다. 결국 그녀는 도망치듯 석재상과 결혼해 버렸고 스택은 「파머스 저널 Farmer's Journal」에 실린 광고에서 조지핀을 발견했다.

스택은 그 무엇과의 이별도 견디지 못했다. 남는 방은 아버지의 낚싯대, 어머니의 재봉틀, 제초제, 잼 병, 낡은 고체연료 쿠커로 천장까지 꽉 찼다. 그는 배냇저고리부터 최근에 작아진 바지까지 입었던 모든 옷을 간직했고, 방문을 꼭 닫아두었다. 조지핀이 그 방에 들어가서 어머니의 슬리퍼를 즐겨 먹어 댔기 때문이다.

스택은 자신이 요즘 세대처럼 되리라 생각하고 싶지 않았다. 젊은 사람들은 물고기도 못 잡고 우유에서 크림을 분리하는 법도 몰랐다. 그들은 엄마 젖도 못 먹어본 아이들을 데리고 자기 형편에 과분한 차를 몰고 다녔고 기회만 생기면 간음을 저질렀다. 사실 기회가 생길 때까지 기다리지도 않았다. 맥주도 병째 마셨고 미국과 프라하에 다녀와서 피자를 찾았으며 빅토리아 자두와 골든원더 감자도 구분 못 했다. 그리고 이제 어떤 여자는 옆집에 살면서 신부님의 멀쩡한 가구를 태우고 빗도 없는 사람처럼 헝클어진 머리로 돌아다녔다.

시간이 흘렀지만 더나고어에서는 거의 아무 일도 일어나지 않았다. 대서양에서 불어온 바람이 구름을 이쪽으로 밀었다가 저쪽으로 밀고, 안테나 기둥에서 이상한 소리를 내고, 울타리 문을 활짝 열었다. 소와 양이 도망쳐서 헤매다가 잡혔다. 우체부가 마거릿의 집 앞에 멈출 때는 전기세 고지서를 배달할 때밖에 없었다. 한번은 중년 남자가 집으로 찾아와서 도로 정비

청원에 서명해 달라고 부탁했다. 마거릿이 서명하는 동안 그의 시선이 그녀의 몸매를 훑었다.

"신부님과 친척이세요?" 그가 물었다.

"왜요, 닮았어요?"

남자가 그녀의 콧구멍과 접시 같은 눈, 무언가를 기다리는 듯한 입을 올려다보았다.

"당신은 누구와도 닮지 않았네요." 그가 이렇게 말하고 이탄 일꾼의 서명을 받으러 옆집으로 갔다.

마거릿은 잘 자고 검소하게 먹었고 바닷가까지 걸어갔다가 돌아왔다. 가끔 그녀는 모허까지 걸어가서 절벽 아래를 내려다보며 무서워했다. 때때로 절벽에 내려갔을 때 비가 머리카락과 양가죽 외투를 적시면 그녀는 사제를 생각했다.

사제는 그녀의 사촌이었다. 그는 여름마다 건초를 만들러 그녀의 집에 찾아왔다. 그는 맑은 날씨와 함께 왔고, 그녀와 건초 더미에 나란히 앉고, 햇감자를 캐고, 식욕을 돋우고, 파를 뽑아서 생으로 먹었다. 마거릿은 10대였다. 당시에는 하늘이 푸르렀다. 청년이었던 그는 그녀에게 결혼하자고, 주교님의 허가를 받은 다음 쇼트혼 소를 키우면서 한 배에 난 비둘기 새끼 같은 두 아이를 낳자고 말했다. 마거릿은 그가 들판에서 토끼풀을 한 움큼 따서는 초원이 비길 데 없을 만큼 좋다고 말하는 모습이 눈에 선했다. 하지만 그는 신학교에 들어가서 가족의 자랑감이 되었고, 더는 아무도 그를 이름으로 부르지 않았다.

"그레이비 조금 더 드릴까요, 신부님?"

"고성소*가 있다고 생각하세요, 신부님?"

"우리 아버지가 어디로 가는지 말씀하시던가요, 신부님?"

그는 여전히 여름마다 건초를 만들러 왔지만 도랑에 앉아서 그녀의 헝클어진 머리카락을 빗어주며 두 사람이 낳을 아이들에 대해서 이야기하는 일은 두 번 다시 없었다. 여름이 몇 번 지나자 온 가족은 건초를 다 만들어서 헛간 다락에 넣고 나면 레코드플레이어를 틀고 흑맥주를 따는 대신 무릎을 꿇고 그와 함께 묵주 기도를 드렸다.

마거릿은 사제를 생각하지 않으려고 애썼다. 그녀는 산책에서 돌아와 비눗물이 든 대야에 발을 담그고 앉아서 라디오 너 게일턱터Raidió na Gaeltachta 방송을 듣거나 뜨거운 물병을 안고 그의 침대에 들어가서 램프를 기울여 불빛 각도를 맞춰 그의 책을 읽었다. 가끔 그가 밑줄 친 문단을 발견했지만 대단한 의미는 없었다. 그녀가 이 집에서 마주치는 그 무엇도 아무 의미가

---

* Limbo. 가톨릭 교회에서 구약의 선조들이나 영세를 받지 못하고 죽은 유아처럼 죄를 짓지 않은 영혼이 머문다는 곳.

없었다. 가끔 마거릿은 침대맡에서 그의 그림자를 보았고, 그녀의 존재에 그림자를 드리우는 그의 차가운 존재를 느꼈으며, 그의 풀어진 옷깃과 소매에 들어간 건초 부스러기가 다시 보였지만 사제의 유령일 뿐이었다.

마거릿은 잠들기 전에 벽 너머의 이웃이 침대에서 무엇을 하고 있을까 궁금하게 여기긴 해도 깊이 생각하지 않았다. 그녀는 무엇도 깊이 생각하지 않으려 했다. 이미 일어난 과거를 말로 표현하는 것은 무의미해 보였다. 과거는 곧잘 배신을 했고, 천천히 움직였다. 자기만의 속도로 결국은 현재를 따라잡을 것이다. 게다가 어차피, 뭘 할 수 있을까? 후회는 아무것도 바꾸지 못했고 슬픔은 과거를 다시 불러올 뿐이었다.

확실히 마거릿은 호기심의 대상이었다. 어떤 사람들은 그녀의 일가친척이 전부 죽고 삼촌이었던 사제가 그녀를 불쌍히 여겨서 집을 남겨주었다고 했다. 또 어떤 사람들은 그녀가 사실은 돈이 많은데 남편이 10대와 도망쳐서 마음에 상처를 입었다고 말했다. 늦은 밤 술집에서는 사제가 그녀를 사랑했고, 마거릿이 사제의 아이를 낳았지만 잃었으며, 사제가 선교를 떠났을 때 사실은 선교하러 간 것이 아니었다는 이야기가 정설이 되었다.

위령의 날 밤, 일전에 그녀에게 불씨를 주었던 중년 남자가 문을 두드렸지만 마거릿은 유리 너머로 그를 빤히 보며 가만히 서 있었다. 결국 그가 물러갔다. 여자들은 그녀가 갱년기를 겪고 있음이 분명하다고 말했다.

"그런 여자한테는 초승달이 아주 끔찍한 영향을 끼쳐요." 리스둔바르나†에서 어떤 여자가 시든 양배추 심을 만지작거리며 말했다.

"아, 그럼요." 또 다른 여자가 말했다. "달이 바닷물을 끌어당기듯 그녀를 끌어당기겠죠."

스택은 여자를 모르는 모든 남자가 그러듯 자신이 여자를 아주 잘 안다고 생각했다. 그는 조수석에 조지핀을 태우고 리스둔바르나에서 집으로 돌아오며 마거릿 플러스크에 대해 생각했다.

"그 여자가 나를 좋아하게 되면 정말 끔찍하지 않을까?" 그가 말했다. "두 집을 나누는 벽을 부수기라도 해봐. 그러면 우리의 평화는 영영 깨질 거야."

마거릿에게 필요한 것은 그의 집 문을 두드릴 핑계뿐이었다. 문을 두드릴 핑계가 생기면 스택은 분명 그녀를 안으로 들일 것 같았다. 한번 안으로 들이면 그녀는 또다시 들어올 것이

---

† Lisdoonvarna. 짝짓기 축제로 유명한 클레어 카운티의 작은 마을.

고, 그러면 그도 그녀에게 들어갈 것이며, 거기서 문제가 시작된다. 한 사람은 초가 필요하다고 할 테고 또 한 사람은 삽을 빌려달라고 할 것이다. 여자라는 존재는 아주 성가시리라. 그녀는 그로 하여금 옷을 맞춰서 입고 목욕도 하게 만들 것이다. 날씨가 좋을 때마다 바나나와 참치 샌드위치가 가득한 피크닉 바구니를 들고 해변에 데려가 달라고 할 것이고, 그가 둘린이나 에니스에서 기름을 좀 넣고 왔을 뿐인데 어디 갔었느냐고 캐물을 것이다.

12월은 비로 시작했다. 마거릿은 그런 비를 본 적이 없었다. 하늘에서 내리는 것이 아니라 바람을 타고 비스듬하게 내렸다. 창문에 소금이 맺히고 공기에서 해초 냄새가 났다. 마을 사람들은 술을 계속 마셨고 새들은 굶주렸다. 사람들은 칠면조와 선물 바구니를 걸고 다트를 했고, 싸웠다가 다시 화해했다. 여자들은 죽은 전나무와 호랑가시나무를 집 안으로 들였고 처마 밑에 색색의 전구를 달았다. 아이들은 편지를 써서 북극으로 부쳤다. 우체부는 바쁘게 돌아다녔지만 마거릿은 카드 한 장 받지 못했다.

크리스마스이브 전날 밤, 그녀는 절벽까지 걸어갔다가 돌아왔다. 어머니에게 몇 자 적어 보냈지만 답장은 없었다. 어머니가 세상을 떠났다 해도 마거릿은 알 수 없었다. 바다가 미쳐

날뛰며 땅을 먹어치웠다. 집으로 돌아왔을 때 그녀는 흠뻑 젖어 있었다. 짭짤한 비 때문에 추우면서도 더웠다. 날이 점점 어두워졌지만 마을에 불이 켜지지 않았다. 전기가 나간 것이다. 마거릿은 난롯불에 이탄을 던져 넣었다. 제대로 마르지 않은 이탄이 난로 받침대에서 기분 나쁜 연기를 피웠고, 불꽃으로 타오르지도 못한 채 다 타서 꺼졌다. 마거릿은 나무가, 도끼로 쪼갤 수 있는 커다란 마가목 장작이 너무나 갖고 싶었다. 서리가 내린 맑은 아침에 밖에서 장작을 팬 다음 벽에 기대어 쌓는 모습을, 거기서 어떤 냄새와 열기가 풍길지 상상했다. 그러나 더나고어에는 장작이 드물었다. 말수가 적었던 어머니는 아일랜드어로 노래했다.

목재를 어떻게 구해야 할까?
이제 숲은 사라졌는데.†

그날 밤, 마거릿은 초를 켜고 비눗물에 발을 담근 채 연기를 잔뜩 피우는 이탄을 지켜보았다. 그녀는 사제가 지옥에 갔을까 생각했다. 사제는 사후 세계를, 하느님과 천국과 연옥을 전

---

†   Cad a dhéanfamid feasta gan adhmad? Tá deireadh na gcoillte ar lár.

부 다 믿었다. 그는 지옥을 믿지 않으면 천국을 믿는 것이 아무 의미가 없다고 말했다. 마거릿은 자신도 그가 있는 지옥에 갈까 생각했지만 그보다 차라리 푸칸†이나 돌소리쟁이가 될 가능성이 더 큰 것 같았다.

흑맥주를 두 병 마시자 과거가 다시 치밀어 올랐다. 유치한 맹세를 했던 그 여름들, 결혼을 약속했던 두 사람, 그녀를 버리고 떠난 그, 온 가족이 지켜보았던 그의 서품식. 그는 건초를 만들기 위해 돌아왔지만 자신과는 악수도 하지 않고 그녀가 내온 갈비와 파슬리 소스를 먹고 들판 너머 숲을 혼자 걸어다녔다. 그녀는 계단에서, 외양간에서, 디기탈리스가 도랑을 분홍색으로 물들인 뒷길에서 그를 마주쳤지만 그는 마거릿이 예전 그녀의 그림자에 지나지 않는다는 듯이 보일락 말락 고개만 까딱하고 지나쳤다.

그러던 어느 날 저녁, 갑자기 거센 소나기가 쏟아졌다. 집은 어둑했고 목초를 베어버린 뒤였다.

"우린 끝장이야." 아버지가 창가에 서서 말했다.

"그냥 소나기일 뿐이야." 항상 아버지를 달래려 애쓰는 어머니.

"오늘 베면 안 된다고 했잖아. 내가 오늘 베면 안 된다고 말

---

† pucán. 성욕이 왕성한 숫염소를 말한다.

하지 않았나?" 자기 말이 그대로 들어맞았으면 해서 비가 더 세차게 내리기를 바라는 아버지.

"내일은 갤 거야."

"무슨 소리야? 우린 끝났다니까."

마거릿은 비를 맞으며 숲으로 갔다. 밖으로 나가면 아주 약간이지만 늘 더 안전한 기분이 들었다. 비에 젖은 더글러스 전나무는 거의 파란색이었다. 축축한 고사리 냄새가 났다. 야생 아네모네가 축축한 바람에 떨렸다. 그녀는 퀴큰 나무가 자라는 공터에서 걸음을 멈추었다. 은빛 가지가 기분 좋게 흔들리고 나뭇잎이 떨렸다. 저쪽 길에서 사제가 담배를 피우며 지나갔다. 위쪽 단추를 푼 셔츠는 어깨 부분이 젖어 있었다. 마거릿이 기척을 낸 것은 단지 그에게 왜 그녀의 눈을 들여다보거나 어떻게 지냈냐고 묻지 않는지 물어보기 위해서였다. 한때 결혼을 약속한 남자가 어떻게 지냈냐고 묻지도 않을 수가 있을까? 그래서 그녀가 그를 따라갔고, 그는 그 이유를 보여주었다. 그들은 한마디 말도 없이 축축한 풀밭에 누웠고, 그가 그녀에게 자기 씨를 심는 동안 그녀는 자신이 그 대가를 치르리란 사실을 알았다. 다 끝난 다음 그가 자리에서 일어나 나무들 사이를 서성거리며 담배를 피웠다. 그런 다음 그는 등을 돌리고 말 한마디 없이 가버렸다.

마거릿은 밤이 되어서야 일어났다. 그녀는 나무 꼭대기를, 가지 너머를, 노란 달 조각을 바라보며 집으로 걸어갔다. 그 경험은 다른 모든 것이 그렇듯, 그 가능성에 훨씬 못 미쳤다.

이제 마거릿은 그때 기적을 내지 않았다면 자신이 지금 어디에 있을지, 무엇을 하고 있을지 가끔 상상했다. 그녀는 어떤 방향으로든 아주 작은 한 걸음을 내딛는 것마저 끊임없이 두려웠다. 사제가 가르쳐준 가장 큰 교훈은 한 걸음이 어디로 이어질 수 있느냐였다. 마거릿은 난로 위 시계를 빤히 보면서 정신을 차렸다. 발을 담근 물이 차가워졌다. 그녀는 발을 닦고 울지 않으려고 욕을 살짝 내뱉은 다음 의자에서 잠들었다.

마거릿이 잠에서 깼을 때 난롯불은 거의 꺼졌고 초는 남김없이 다 타버렸다. 바깥을 보니 해안가의 어느 집에서도 불빛이 깜빡이지 않았다. 둘린과 리힌치는 아직 어둠에 묻혀 있었지만 겨울 달의 마지막 반의 반이 그녀의 정원을 비추었다. 이웃집의 암염소가 뒷발로 서서 입에 닿는 풀을 모조리 먹어치우고 있었다. 마거릿은 염소를 쫓을 기운이 없었다. 달과 구름이 너무 고요해 보였다. 이제 곧 크리스마스였다. 그녀는 발을 닦고 사제의 침대에 들어가 남자가 된 꿈을 꾸었다.

꿈속에선 헛간 다락에 있었고 바닥에서 풀이 자랐다. 풀이 집채보다 높이 자랐고, 바람도 없는데 줄기가 서쪽으로 기울

202

었다가 동쪽으로, 또다시 서쪽으로 기울었다. 마거릿은 남자들이 입는 바지만 걸치고 반듯하게 누워 있었는데 손을 아래로 가져가 보니 남자의 성기 대신, 그녀의 일부인 통통한 도마뱀이 근육질 꼬리를 앞뒤로 흔들고 있었다. 꼭 자신처럼 생긴 여자가 매듭진 천을 걸치고서 다른 세기에서 왔다. 여자가 도마뱀을 보고 움찔 놀랐지만 어쨌거나 자기 안에 집어넣었다. 잠에서 깬 마거릿은 자신이 남자로 변하지 않았는지 확인하다가 손을 보고 기분 좋은 충격을 받았다. 피가 비쳤기 때문이다. 마거릿은 그 시기가 다 끝났다고 생각했었다. 그녀는 침대에서 일어나 화장실로 가서 몸을 씻었다.

조금 있으면 아침이었다. 흔들리는 커튼을 회색빛이 액자처럼 감쌌다. 집은 바람 구멍이 숭숭 난 덫이었다. 바깥에서는 강풍이 불고 있었다. 마거릿은 집 앞에 자란 기다란 풀을 눕히는 바람 소리에 익숙했지만 나무를 뒤흔드는 소리가 들리지 않는 것이 어색했다. 그녀는 집 근처에서는 어떤 씨앗도 뿌리를 내리고 당단풍으로 자랄 수 없다는 사실을 알았기에, 그런 더나고어에 절대 익숙해지지 못했다. 그런데 이제 자신의 피 냄새가 났다. 그녀는 아직 아이를 가질 수 있는 몸이었던 것이다. 마거릿은 이런 생각을 하다가 대야에 담긴 발 씻은 물을 보았다. 그녀가 뒷문을 열고 바람을 향해 물을 버렸다. 바람이 어찌나 시끄럽던지 남자처럼 소리를 질렀다.

같은 날 밤, 벽 반대쪽의 스택은 잠을 이루지 못했다. 종종 있는 일이었다. 그는 다른 남자들은 정말로 밤새 깨지 않고 푹 자고 개운하게 일어나는지 궁금했다. 다른 사람들은 자고 있는데 자기는 깨어 있다고 생각하면 기분이 좋은 밤도 있었다. 그는 불가에 앉아서 크림빵을 먹으며 조지핀과 함께 텔레비전을 보았다. 또 다른 인간이, 텔레비전 채널을 바꾸고 주전자에 물을 끓일 수 있는 누군가의 존재가 간절한 밤도 있었다. 그는 조지핀에게 자기 외투를 덮어주었다. 조지핀의 발굽이 떨렸다. 조지핀은 꿈을 많이 꾸었고 꿈에서 뭔가를 먹었다. 날씨가 맑은 밤이면 그는 가끔 모자를 쓰고 외투를 입고 이탄지를 걸어다녔다.

그날 밤 전기가 나갔고, 그는 핫위스키를 다섯 잔 마시며 과거를 생각했다. 그 무엇도 과거와는 비교가 되지 않았다. 그가 왼손을 쓰는 것을 보고 웃던 어머니. 면도하는 법을 가르쳐주던 아버지. 이탄지에서 온 가족이 볕에 타서 돌아가며 칼라민 로션을 발랐던 여름. 아버지의 노래를 들으면 얼마나 이상했는지, 그 노래를 듣고 어머니가 어떻게 얼굴을 붉혔는지. 하지만 어머니와 아버지는 세상을 떠났다. 그는 죽음에 대해서, 자신은 어떻게 죽을지 생각하다가 약간 비틀거리며 마거릿의 집

쪽으로 갔다. 그는 혼자 죽을 것이라고, 문짝을 다 먹어치우고 나간 조지핀을 누군가 길에서 알아본 다음에야 자기 시체가 발견될 것이라고 생각했다. 하지만 적어도 죽음만큼은 확신했다. 누구나 무언가를 확신해야 했다. 그래야 하루를 이해할 수 있었다.

그는 마거릿의 집 뒷문으로 다가가서 귀를 기울였다. 아무 소리도 없었다. 날이 점차 밝았고 아직 해가 뜨지는 않았지만 절벽 너머로 햇살이 보였다. 그가 거기 있는지는 아무도 모를 일이었다. 그는 여자의 집 문 앞에 서서 그녀가 안전하게 잠들어 있다고 생각하자 기분이 좋았다. 그녀가 자기 여자라고 상상하며 한참 서 있었다. 그때 문이 열리더니 잠이 덜 깬 마거릿이 대야를 들고 나와 그의 얼굴에 물을 뿌렸다.

그는 집으로 가서 옷을 벗었다. 조지핀이 먼저 누워 있었다. 그 옆에 누우니 머리가 어지러웠고, 몸이 춥다기보다는 더웠다. 그는 땀을 흘리기 시작했고 방귀를 뀌었다. 목에 늘 걸려 있던 돌이 점점 커지더니 배 속으로 내려가는 느낌이 났다. 화장실에 한참 앉아 있으니 배 속의 돌이 밖으로 나왔는데 흑맥주 병만 했다. 거울을 보자 낯선 사람이 그를 바라보았다. 낯선 사람은 그의 생각보다 나이가 많았고 입술이 벌어져 있었다.

그는 잠들었고, 꿈속에서 곰 가죽을 걸친 마거릿이 조지핀을 타고 클레어의 이탄지를 가로질렀다. 그녀의 팔다리는 근육질이었다. 그가 조지핀의 발자국을 따라갔고 마침내 그녀가 바닷가에 다다랐다. 여자는 축축한 가죽 채찍으로 조지핀을 내려치며 바다로 들어가라고 재촉했고, 결국 둘이서 떠났다. 파도가 높았다. 스택은 바닷가에 서서 조지핀에게 돌아오라고 소리쳤다. "어이, 조지! 돌아와! 조지!" 하지만 조지핀은 점점 작아졌고, 결국 그는 이니스모르† 해안에 다다른 마거릿을 붉은 손의 남자들이 둘러싸는 모습을 보았다. 그들이 조지핀의 굴레를 잡았고 미끼로 초콜릿을 주면서 끌고 갔다.

잠에서 깬 그는 새 사람이 된 기분이었다. 밤 11시였다. 불가능한 일 같지만 크리스마스이브 내내 잔 것이다. 조지핀이 그를 내려다보며 팔의 부드러운 살을 깨물고 있었다. 그가 현관문을 열고 조지핀을 밖으로 내보냈다. 마거릿 플러스크라는 여자는 야성적이군, 그가 생각했다. 그는 가죽 아래로 그녀의 맨가슴을 보지 않았던가? 그녀가 바깥에서 소변을 보지 않았던가? 그녀는 벽 너머에 그가 있다는 사실을 알면서 잠에서 깼고 그가 소리쳐도 눈도 깜짝 안 하지 않았던가?

크리스마스 날 아침에 그는 목욕을 했다. 핼러윈 이후 처음

---

† Inis Mór. 아란 제도에서 가장 큰 최서단의 섬이다.

하는 목욕이었다. 전기는 아직도 들어오지 않았다. 그는 가스로 물을 끓이다가 델 뻔했다. 구두를 닦고, 난롯불 앞에서 조지핀의 젖을 짜고, 오븐에 쇠고기를 한 조각 넣었다. 크리스마스였고 그는 아직 젊고 힘이 셌다. 그것 말고는 그가 거울을 들여다보거나 목욕할 이유가 떠오르지 않았다. 머리만 벗겨지지 않았어도. 아버지는 관에 들어가는 날까지 머리카락이 풍성했다. 장의사가 아버지를 응접실에 눕히고 머리를 빗어주었지만 스택은 장례가 끝날 때까지 울지 않았다.

이제 그는 냉장고에서 장어를 꺼내서 팬에 튀겼다. 에니스티몬의 생선 장수가 장어를 좋아하는 스택에게 준 크리스마스 선물이었다. 분명 장어는 아직 맛있을 것이다. 그는 까만 장어가 팬에서 몸부림치는 것을 보았다. 꼭 살아 있는 것 같아서 잠시 헷갈렸다. 그는 기운을 내고 정신을 차린 다음 사제의 집으로 걸어갔다.

마거릿은 아직 옷을 입지 않았다. 그녀는 몸을 긁으며 생각중이었다. 그녀는 아침에 잠옷 차림으로 돌아다니며 생각하거나 차 마시는 것을 좋아했다. 화장실에 가서 아직 피가 나는지 확인했다. 배란이 다시 시작되다니 이상했다. 그녀는 암탉처럼 알을 낳으면 좋겠다고 생각했다. 어렸을 때 마거릿은 암탉이 자기를 못 볼 줄 알고 모자를 푹 눌러쓰고서 며칠 동안 쫓아다

넜지만 결국 둥지를 찾지 못했다. 암탉은 그녀가 길을 잃게 만들고서 고사리 사이로 사라졌다. 그런 다음 난데없이 병아리 열한 마리를 이끌고 마당으로 걸어 들어왔다.

남자가 없어도 가능하다면 아이를 가질 텐데, 마거릿이 생각했다. 남자란 귀찮지만 꼭 필요한 것이었다. 그녀에게 남자가 있으면 목욕을 하라고, 포크와 나이프를 쓰라고 타일러야 할 것이다. 그녀는 수건을 반으로 찢어서 생리대를 만들고 물을 끓인 다음 차가 우러나기를 기다렸다. 누가 창밖에서 셔츠 차림으로 서서 그녀를 바라보았다. 옆집 총각이었다. 그녀는 그저 안에서 그를 내다보고 싶었지만 크리스마스였으므로 예의상 문을 열었다. 총각은 깨끗해 보였지만 묘한 냄새가 났다.

"내 이름은 스택입니다."

"스택이요?" 무슨 이름이 그래?

"옆집 사람입니다." 그가 자기 집을 가리키며 말했다.

"그래요?"

"참 대단한 크리스마스네요. 전기가 나가서 식사 준비도 못할 텐데."

"상관없어요."

"와서 아침 드세요. 저는 가스가 있어서요."

"가스가 있다고요!" 마거릿이 웃었다.

"네."

"배 안 고파요."

"배가 안 고프다고요. 음, 다행이네요. 달이 변하고 있는 거 모르세요?"

"달이요?" 마거릿이 말했다. 그가 달에 대해서 뭘 안다는 걸까?

"양가죽 외투를 입고 나와요." 그가 말했다. "얼른요. 아침 식사가 다 타겠어요."

그녀는 생각하지 않았다. 마거릿은 양가죽 외투를 입고 부츠를 신고 경첩이 달린 자기 집 울타리 대문까지 그를 따라갔다. 그의 집 앞마당은 염소 똥투성이였다. 포치는 자전거와 트랙터 부품들로 꽉 차 있었고 부엌은 바다보다 어두웠다. 가스 불빛 속에서 그녀는 굴뚝 벽에 세워둔 각종 삽과 중앙 들보에 매달린 낫을 보았다. 살아 있는 뱀이 기름 속에서 튀겨지고 있었다. 식탁 위에 두껍게 자른 갈색 빵과 마가린 통이 있었다. 잠옷과 외투만 입은 마거릿은 까마귀보다 더 아름다운 느낌이 들었다. 난 배란 중이었지, 그녀가 생각했다. 피를 흘리고 있고. 아직 때가 지나지 않았어. 오늘이 어떻게 흘러갈지 한번 보자.

스택은 해동한 완두콩 봉지를 촛불로 가져가서 조리법을 읽었다.

"버리면 안 되니까 이것도 요리하는 게 좋겠어요."

마거릿이 앉은 자리에서도 조리법이 보였다. 어쩌면 그는 시력을 잃는 중인지도 몰랐다. 게다가 간직하고 있는 물건들하며. 온갖 조개껍데기, 1985년 달력, 각종 병뚜껑, 다 쓴 건전지, 죽은 교황의 사진들. 스무 살쯤 되어 보이는, 머리카락이 풍성한 스택의 사진과 예수성심 그림 세 장, 기압계도 있었고 창문 안쪽 텔레비전 뒤에는 선풍기를 놓아 창유리가 흐릿해지지 않게 했다. 흠, 밖에 누가 돌아다니는지 알고 싶은 거로군. 그녀가 생각했다. 열린 문을 통해 정리하지 않은 커다란 침대가 보였다. 염소 냄새가 났다. 염소가 그와 같이 자는 것일지도 몰랐다. 상상만 해도 참.

"집은 신경 쓰지 마세요." 그가 말했다. "여자가 없어서요."

"없어요?"

"음, 한때는 있었지만 이제 그 여자를 놓친 게 아쉽지 않아요. 돈이 엄청 많이 들었죠."

"돈 많은 여자를 찾는 건 어때요?"

"돈이 많으면 내가 마음에 들지 않겠죠."

"왜요, 다리가 의족이에요?"

그가 웃었다. 즐겁다기보다 슬프게 들리는 묘한 웃음이었다. 그의 삶을 잠시 상상해 보니 가여웠다. 다른 사람이 무엇을 겪고 있는지 아는 사람이 있을까?

"아니요, 다행히도요. 보아하니 당신 다리도 의족은 아니네요." 그는 두 사람을 같이 생각하고 있었다. 둘을 더하고 있었다.

"학교를 일찍 그만뒀나 보군요." 마거릿이 말했다.

"왜죠?"

"덧셈을 배운 다음엔 더 복잡해지거든요."

"뭐라고요?" 그가 말했다. "아, 당신은 말이 빠르군요."

그가 이렇게 말하는 순간 그녀는 퀴큰 나무 밑으로 돌아갔다. 그녀도 사제도 어쩔 수 없었다. 그녀는 사제가 위에서 헐떡이다가 몸을 굴려 내려와서 지퍼를 채우고 수치스러워하는 것을 느꼈다. 그리고 그 전율. 건초 더미 위에 나란히 앉고, 파를 먹고, 그가 그녀의 자전거 안장에 첫 앵초를 얹어놓은 뒤로 10년이 지난 후에 느낀 그 전율. 독신서원을 깨뜨렸으니 어쩌면 그가 다른 서약을 맺는 것도 가능할 것 같았다. 그날 밤에도 피가 났다. 그의 머리 위로 퀴큰 나무의 밝은 주황색 베리가 보였다.

"난 조지핀을 아일랜드의 어떤 여자보다도 잘 보살피고 있어요." 스택이 고갯짓으로 안락의자를 가리키며 말했다. 어둠 속에서 암염소가 그녀를 빤히 보고 있었다. 눈이 무서웠다. 스택이 손을 뻗어 사진 뒤에서 호랑가시나무 가지를 꺼냈다. 마거릿은 자기에게 주는 줄 알았지만 그는 조지핀에게 주었고, 염소가 가지를 먹었다.

"어느 지역에서 왔어요?" 그가 말했다.

"위클로요."

"아, 염소 젖 빨아먹는 사람들."[†] 그가 말했다. "이제 알겠네요."

"날 모욕하려고 물어본 건가요?"

"당신은 자존심이 세니까 어렵진 않겠네요." 그가 포크로 장어를 쿡쿡 찌르며 말했다. "다 됐어요. 앉아요."

그녀는 앉고 싶지 않았다. 벽에 죽은 사람들의 사진이 걸린 저 끔찍한 자리에 앉아서 뱀 튀김을 먹고 싶지 않았다. 글쎄, 무엇을 기대한 걸까? 여자가 크리스마스 아침에 잠옷 바람으로 남자의 집에 따라 들어가면 무슨 일이 벌어질까? 하지만 바싹 구운 생선 살과 토스트 냄새가 났고 찻주전자에서 피어오르는 김이 보였다. 어제 그녀는 아무것도 먹지 않았다. 우리를 움직이게 만드는 건 심장이 아니라 위야. 그녀가 생각했다. 그녀는 어두운 방이라 얼마나 더러운지 안 보여서, 아무것도 모르고 먹을 수 있어서 다행이라고 생각했다. 조지핀이 식탁 밑에서 자기 몫의 버터를 바른 토스트를 앞에 두고 앉아 있었다.

[†] 위클로 사람들은 '염소 젖을 빠는 사람'이라는 별명이 있다.

"사람들은 대부분 개를 키우죠." 마거릿이 말했다.

"아, 하지만 염소는요!" 제일 좋아하는 주제가 나오자 스택이 술술 말했다. "염소는 아주 장점이 많아요. 뭐든지 먹죠. 어디든지 갈 수 있어요. 크기도 개의 두 배는 되고 집 안을 돌아다니면서 데우는 라디에이터나 마찬가지죠. 무엇보다도 젖이 나온다고요. 염소 젖 좋아해요?"

"아뇨. 하지만 고귀한 아이는 염소 젖으로 세례를 주었다고 하더군요."

"요즘도 그런가요?" 그는 오븐 속의 쇠고기를 보고 있었다. 지글거리기 시작하자 그가 불을 낮췄다. "당신도 미신을 믿는 그런 여잡니까?"

그녀는 입에 음식이 가득해서 대답하지 못했다. 장어는 아주 맛있었다. 한번은 어머니가 뭘 먹이려고 마거릿을 시장에 데려간 적이 있었다. 거기서는 푸짐한 식사가 저렴하게 차려졌다. 이웃 한 사람이 와서 요리를 주문했다. 얼굴이 창백했다. 그가 저녁 식사를 받아서 다른 이웃들에게 등을 돌린 채 구석으로 가는 모습을 보면서 어머니가 말했다. "저기 저 남자 보이니? 저런 남자를 보면 배불리 먹을 때까지 그냥 놔둬. 저런 남자는 위험해." 지금 마거릿은 그 남자가 된 기분이었다. 그녀는 차를 마시고 토스트 몇 장과 장어 대부분을 먹었다.

스택이 그녀의 커다란 코와 긴 머리카락을 보더니 잔을 다시 채워주었다. 그가 장어를 더 자른 다음 그녀를 지켜보았다. 마거릿이 식사를 하는 동안 그는 두 사람의 아이가 어떻게 생겼을까 생각하지 않을 수 없었다.

"살던 곳이 그립지 않아요?"

"나무가 그리워요." 그녀가 말했다. "마가목이 그리워요."

퀴큰 나무와 마가목은 같은 나무였다.

"음, 그럴 만도 하네요." 그가 말했다. "마가목만큼 활활 잘 타는 것도 없으니까."

마거릿은 자기 접시에 마지막 남은 음식을 삼키고 그를 보았다. 그의 회색 눈을 보았다. 괜찮은 사람 같았고, 별난 점이 좀 있으면 또 무슨 상관일까? 그녀가 알았던 제일 좋은 사람들은 전부 별났다.

스택이 시답지 않은 소리를 계속했다. 그는 젊은이들과 이탄, 수상을 비판했고 새해 결심과 볕에 타는 것에 대해서 말했다. 그가 말을 멈추고 한숨 돌리자 마거릿은 집으로 향했다.

외로운 남자야, 절박하고. 그녀가 생각했다. 하지만 그 염소! 어둠 속에서 마녀처럼 앉아 있는 그 염소를 상대하고 싶지는 않았다.

마거릿이 집으로 돌아와 보니 문이 활짝 열려 있고 까만 잡종 강아지들이 뛰어다녔다. 강아지들은 그녀가 도서관에서 빌려온 책 귀퉁이를 씹어놓고, 온갖 가구에 올라가고, 아름다운 흰색 침대보에 더러운 발자국을 온통 남겨놓았다. 검은 강아지 한 마리가 도도도 달려와서 그녀의 손을 핥으며 꼬리를 흔들었다. 마거릿이 강아지를 들고 배 아래쪽을 보니 뾰족한 성기가 있었다. 그녀는 강아지를 밖에 내던지고 스택에 대해서 생각했다. 자신이 전혀 모르는 남자를 따라 그의 집에까지 들어가서 독이 들었을지도 모르는 음식을 전부 먹어치운 이유를 이해할 수 없었다. 숱이 없는 커다란 머리가, 호랑가시나무 가지를 향해 손을 뻗는 그 모습이 아직도 눈에 선했다.

그날 밤에 마거릿은 강아지를 쫓아다니며 휘파람을 부는 아이들, 번쩍이는 손전등, 악마처럼 사방으로 내달리는 초록 눈眼을 보았다. 그녀가 사제의 무덤가를 배회했던 날 밤에도 묘지에 개들이 있었다. 그때 그 개들이 돌아온 것이다. 사제가 질투했지만 그는 이미 죽었다. 그녀는 끔찍한 오싹함을 느끼고 잠옷 위에 걸친 카디건을 여몄다. 뜨거운 물병을 만들려고 해도 물을 끓일 방법이 없었다. 마거릿은 초가 다 타서 꺼질 때까지 그 불빛 속에 앉아 있었다. 그런 다음 더듬더듬 침실로 가서 어둠 속에 누웠다. 그녀는 이제 벽 너머에 무엇이 있는지 알았다.

크리스마스가 끝나고 술집이 하나둘 문을 열자 소문이 돌기 시작했다. 플러스크라는 여자가 잠옷 바람으로 스택의 집에서 나오는 모습을 누가 봤다고 했다. 사람들은 양가죽 외투가 눈에 띄지 않는 것을 보니 그가 그녀를 벗긴 것이 분명하다고 말했다. 스택이 그녀를 떠메고 자기 마당을 가로질러 그녀의 집으로 들어갔다. 어떤 사람들은 그뿐이라고 했다.

"그럼 이제 스택은 보브릴*을 마시고 있겠군." 식료품점 주인이 말했다.

"스택이 그 여자 속옷을 벗기려면 사다리에 올라가야 되는 거 아니야?"

"아, 우리 모두 누우면 높이는 다 똑같아." 어느 노인이 말했다.

"두 사람이 홀딱 벗고 있다고 상상해 봐." 포목상의 아내가 말했다. "서로 놀랄걸."

"여자가 두 배로 놀라겠지." 경매인이 말했다. 그는 대화에 끼려고 애를 썼지만 치통 때문에 엉뚱한 말만 했다.

"덜 놀라겠다고 하는 게 맞지." 여자 바텐더가 말했다. 그녀는 결혼도 못 하고 나이만 먹고 있었지만 신경 쓰지 않는 척했다. "우박 두 개에 쥐꼬리 하나 정도인데."

---

* 진액을 뜨거운 물에 타서 만드는 쇠고기 국물.

"당신이 알고 있어야지." 사람들이 입을 모아 말했다. 바텐더가 저 위 오두막에서 스택과 함께 살면 그 많은 돈을 쓸 상대가 자신과 조지핀밖에 없을 테니 아주 아늑하고 좋겠다고, 여름이면 관광객들이나 내려다보면서 지낼 수 있겠다고 생각하는 것을 다들 알았기 때문이었다.

더나고어에서 연기가 계속 피어올랐다. 마거릿이 슈퍼마켓에서 생리대를 두 통 사자 여자들 사이에서 소문이 퍼졌다.

"간만에 더나고어에 아기가 태어날지도 몰라!"

"스택은 꽤 당당한 아버지가 될 것 같지 않아?"

"정말로 봄이 오고 있다니까?"

마거릿은 비가 오지 않을 때면 산책을 했고, 배란일과 달의 변화를 주시했다. 낮이 길어졌지만 저녁이 되면 붉은 태양은 항상 바닷속으로 가라앉았다. 더러운 거품이 해안가로 떠내려왔다. 두꺼워진 히스꽃이 이탄지 전체에서 머리카락처럼 새로 자라났다. 관광객들은 아일랜드 음악과 홍합, 성스러운 우물로 가는 길을 찾아서 둘린으로 흘러들었다. 더블린 남자들이 자기 실력을 시험하려고 리힌치의 골프 코스에 와서 자기 공을 잃어버리고 다른 공을 찾았다. 어느 히치하이커가 마거릿의 집 문을 두드리더니 독일어 억양으로 동쪽이 어느 방향이냐고 물었다. 마거릿이 자기 고향 쪽을 가리키자 젊은 여자는 들판 너머로 떠났다.

밸런타인데이에 그녀가 밖으로 나가 보니 현관문 앞에 한 차 분량의 마가목이 놓여 있었다. 스택이 밤사이 두고 간 것이었다. 그는 술에 취해서 전화를 걸었고, 리머릭까지 가서 트럭 두 대분의 이탄을 주고 장작을 받아 왔다.

마거릿은 자동차에 올라 에니스티몬으로 향했다. 좁은 도로에서 다른 차를 맞닥뜨렸지만 피할 수가 없었다. 둘 다 사이드미러가 떨어졌지만 차를 세우고 어깨를 으쓱한 다음 다시 출발했다. 그녀가 마을에 도착하자 다리에 서 있던 남자가 그녀에게 멈추라고 신호를 보냈다.

"1파운드에 양배추 일곱 개!"

사람들은 카드와 붉은 장미를 샀다. 마거릿은 도끼를 사가지고 와 오전 내내 마가목 장작을 팼다. 그날 밤 그녀는 활활 타오르는 불을 피웠다. 마거릿은 대야에 발을 담그고 불가에 앉아서 땀을 뻘뻘 흘렸다. 그녀는 만들지도 않을 트라이플에 넣겠다며 산 셰리주를 마시고 아들을 생각했다. 살아 있다면 이제 아홉 살이다. 그녀는 아들이 죽기 전날 밤에 밴시*가 우

---

* 아일랜드의 여자 유령으로, 창문 밑에서 밴시가 울면 가족 중 하나가 죽는다고 한다.

는 소리를 들었지만 떠돌이 고양이 소리인 줄 알았다. 그날 밤 아이는 유아 침대에서 곤히 잠들었다. 아이의 잠이 워낙 깊었고, 그래서 그녀는 초조했다. 가끔 그녀는 아이의 입에 손을 가져가 숨을 쉬는지 확인했다. 그녀는 그날 밤 아이의 입에 여러 번 손을 대보았지만 다음 날 아침, 아이는 싸늘했고 입술에 파란 얼룩이 있었다. 마거릿은 시계를 끈 다음 아이를 안고 숲으로 달려갔다. 그녀는 숲에서 밤을 보냈지만 결국 집으로 와서 현실을 마주했다.

"영아 돌연사군요." 의사가 말했다. "가끔 생기는 일이에요."

그녀는 이렇게 말한 의사를 절대 용서하지 않을 것이었다. 어떤 일이든, 그녀는 용서하는 사람이 아니었다. 용서는 망각을 뜻했는데 그녀는 쓰라린 경험을, 추억을 붙잡고 사는 편이 더 좋았다. 그러나 그녀는 항상 자기 탓이라고 생각했다.

아이가 태어난 직후 로슬레어의 어부가 그녀를 찾아왔다.

"양막*이 있다고 들었는데요." 그가 말했다. "그걸 주시면 마지막 남은 돈을 드릴게요. 제 아버지도, 세상에 하나밖에 없는 형도 물에 빠져 죽었습니다."

---

* 태아를 둘러싼 얇은 막 또는 그중 아이의 머리를 덮은 일부. 익사로부터 지켜준다는 믿음이 있다.

"못 팔아요."

"저한테 양막을 파시면 전 바다에 나가도 안전할 거예요."

"돈을 주든 사랑을 주든 절대 안 팔아요."

"글쎄요, 제가 드릴 건 돈밖에 없는데요." 그는 이렇게 말하고 가버렸다.

마거릿은 거절하는 것이 옳지 않다는 사실을 알았지만 차마 내줄 수 없었다. 그 뒤에 아이가 죽었고, 그녀는 결국 양막을 불 속에 던졌다. 아이가 한 번도 하지 못했던 사소한 일들이 그녀를 괴롭혔다. 아이는 걸음마도 못 해보고, 나무에 오르지도 못했고, 비 오는 여름을 보지도 못했다. 그녀는 부엌 식탁에서 하는 숙제, 금별과 은별이 붙은 연습장, 현관에 놓인 더러운 헐링* 채, 블레이저를 맞추기 위해 어깨 치수를 재는 것을 당연한 미래로 여겼다. 그랬는데 소리도 없이 시야에서 벗어나는 무언가처럼 미래가 지워졌다. 사라져 버렸다.

2월이 가고 날씨가 변화무쌍한 3월이 왔다. 마거릿은 미신에 더욱 집착했다. 수프를 먹으러 둘린의 술집에 들렀을 때에는 난로를 등지고 앉은 고양이**를 보고 밖으로 달려 나가 석

---

*   하키와 비슷한 아일랜드의 구기 종목.

**   고양이가 난로를 등지고 앉으면 비가 오거나 태풍이 친다고 한다.

탄을 더 주문했다. 비가 오기 전에는 항상 산이 더 가깝거나 까맣게 보였다. 어느 날 아침에 잠에서 깬 그녀는 옷장 꼭대기에 앉아 있는 까마귀를 보았다. 그녀는 차를 타고 성당으로 가서 아이의 영혼을 위해 초를 켰다. 그녀가 성당에 간 것은 처음이었다. 나이 많은 여자가 고해소 밖에 무릎을 꿇고 있었다. 마거릿은 성 안토니오 발치에 초를 놓고 불을 붙인 다음 제일 앞줄에서 무릎을 꿇고 강론대를 멍하니 바라보았다. 그녀는 배 속에서 아이가 무럭무럭 자라는 동안 사제가 거기 서서 강론하는 모습을 상상했다. 마거릿은 기도를 드릴 생각이 아니었지만 무릎이 아파서 고개를 들어 보니 나이 많은 여자는 사라지고 아이들이 첫영성체 연습을 하고 있었다. 그녀는 남자애들을 하나하나 보면서 절대 보지 못할 아이의 얼굴을 찾았고, 성당 포치에 놓인 성수대에서 셰리 병을 성수로 채워 광장을 가로질렀다.

채소 가판대 옆에 이동식 주택이 서 있고 간판에 미래를 가르쳐주는 마담 놀란을 만나보세요라고 적혀 있었다. 마거릿은 호텔로 가서 청어 튀김을 주문했다. 밖을 내다보니 까마귀들이 불안해 보였다. 튀김을 다 먹고 나자 술이 마시고 싶었지만 뭘 주문해야 할지 몰랐다. 고향 집에는 송아지가 아프면 먹일 위스키와 그레이하운드에게 발라줄 밀조 위스키가 있었지만 다들 크리스마스 때나 건초를 저장한 다음에 흑맥주나 마실 뿐 그 외에는 아무도 술을 마시지 않았다. 드물지만 집에 손님이 오면 송아지를 위해서 구비해 둔 위스키를 마셨고, 나중에 아버지는 또 사러 가야 한다며 투덜거렸다.

마거릿은 바 쪽으로 걸어가서 병을 하나 가리켰다. 라벨에 삼부카라고 적혀 있었다. 큰 잔을 주문했다. 바텐더가 스트레이트냐고 묻자 그녀는 잔의 종류인 줄 알고 그렇다고 했다. 감초 같은 맛이 났고 입에 남아 있던 청어의 맛이 가셨다. 사람들이 들어오면서 그녀를 보았다. 마거릿은 그들의 생각을 읽을 수 있었다. 신부의 아이를 가졌던 여자잖아. 혼자 사는 여자네. 스택이 쫓아다니는 플러스크라는 여자야. 더 이상 견딜 수 없어진 그녀는 자리에서 일어나 이동식 주택으로 다시 갔다.

그녀는 촛불 불빛 속으로 머뭇머뭇 들어갔다. 마담 놀란이 손톱으로 건포도를 파내면서 록케이크*를 먹고 있었다. 머리는 금발이고 피부가 햇살에 그을린 것처럼 보이도록 어둡게 화장을 했다. 탁자에는 찻주전자가 놓여 있었다.

"점을 치고 싶어요?"

"잘 모르겠어요."

---

* 겉이 울퉁불퉁하고 속에 말린 과일을 넣은 딱딱한 과자.

"들어와요. 해될 거 없어요." 라디오에서 윌리 넬슨이 특유의 창법으로 누군가를 사랑하는 것에 대해 노래했다. "찻잎을 읽어줄게요."

마거릿이 차를 마셨고 두 사람은 잠시 날씨 이야기를 나누었다. 마담 놀란은 비에 대해서 모르는 것이 없었다. 다른 인간과 이야기하는 것이 이상하게 느껴졌다. 마거릿은 크리스마스 이후로 대화를 나눈 적이 없었고, 다른 사람의 말을 이해하려고 애쓰다가 자기 말을 이해하려 애쓰는 것이, 그 사이에 놓인 모든 오해의 가능성을 이해하려 애쓰는 것이 아주 힘들다는 사실을 깨달았다. 마담 놀란이 거울을 꺼내 립스틱을 발랐다.

"나 어때요?"

"멋지시네요."

그런 다음 그녀가 마거릿의 잔을 들고 무심히 찻잎을 읽기 시작했다.

"이 동네 남자의 죽은 아이가 보이네요. 부동산, 언덕 위의 집, 끔찍한 수치심이 보여요. 그렇게 수치스러워할 필요 없어요. 아이가 죽은 건 당신 잘못이 아니에요. 숫자 7이랑 이름에 S가 들어간 남자가 보이는군요. 당신이 아는 남자예요. 당신 기억 속에 나무가 있네요. 당신은 고집이 아주 세군요. 지금 당신이 지내는 곳에 계속 머물지 마세요. 그 집 뒤에 그림자가 보여요. 다음 아이는 아일랜드어로 키워야 해요. 이 염소는 뭐죠? 이해할 수 없는 질투심이 보이네요."

"이웃 사람이 염소를 키워요."

"이 염소는 위험해요. 음, 당신은 출산 능력을 잃어버렸다가 되찾았군요. 그건 확실해요. 가족들이 당신에게 왜 이렇게 차갑죠? 종교와 관련된 이 남자 때문에 당신에게 등을 돌렸군요. 아이를 다시 낳으세요." 그녀가 말했다. "지금이 바로 그때예요. 다음 아이는 당신의 삶을 가치 있게 만들어줄 거예요. 아들을 낳고 나면 당신은 절벽 밑을 보지 않게 될 거예요. 하지만 이번에는 당신을 찾아오는 어부에게 양막을 주세요. 당신이 지난번에 거절했던 남자는 물에 빠져 죽었군요."

"그럴 리가."

그러자 여자가 조용해졌다.

"끔찍하군." 마거릿이 발을 내려다보며 말했다.

"묻고 싶은 거 있어요?"

마거릿은 잠시 아무 말도 못 하다가 결국 이렇게 말했다. "우리 어머니에 대해서 보이는 건 없나요?"

"당신 어머니요? 어머니는 더 좋은 곳으로 가셨어요."

마거릿은 그녀에게 고맙다고 말하고 주머니에 들어 있던 돈을 전부 주었다. 차를 몰고 집으로 돌아가는 길에 도로는 더

가파르고 덤불은 더 커 보였다. 조랑말들도 거대해 보였다. 그녀는 몇 분이나 걸려서 잠긴 문을 연 다음 옷을 벗고 난롯불 앞에 앉았다. 마거릿은 바닥에 누워 있다가 짭짤한 맛이 나서 그제야 자신이 울고 있음을 깨달았다. 그녀가 울부짖기 시작했다. 스택이 돌벽을 뚫는 그녀의 슬픔을 들었다.

몇 시간 뒤, 마거릿이 알몸에 커다란 양가죽 외투를 걸치고 가죽 장화를 신고 다시 나와서 절벽을 향해 걸어갔다. 스택이 그녀를 따라갔지만 다리가 마거릿만큼 길지 않았기 때문에 그녀가 모허에서 걸음을 멈춘 후에야 따라잡았다. 그녀는 축축한 풀밭에 배를 깔고 엎드려 절벽 밑을 보고 있었다. 시간이 한참 지났다. 어두워지고 있었다. 스택은 멀찌감치 떨어져 있었지만 그녀의 목뒤를 빤히 보았고, 마침내 그녀가 고개를 돌려 그를 마주 보았다. 그녀는 몹시 격앙된 표정이었지만 목소리는 차분했다.

"난 그를 사랑했어요." 그녀가 간단하게 말했다.

"알아요."

"내가 그의 아이를 잃었어요. 보세요." 그녀가 단추를 두 개 풀어서 제왕절개수술 자국을 보여주었다.

"정말 아팠겠네요."

"맞아요." 그녀가 말했다. "끔찍했어요."

해수면에서 파도가 계속 부글거렸다. 바람은 강하지 않았지만 멎지도 않았다. 두 사람 모두 그 무엇도 멈추기를 바라지 않았다. 스택은 머리카락이 풍성하면 좋겠다고 생각했다. 소농의 딸에게 그 오랜 세월을 허비하지 않았다면 좋았겠다고 생각했다.

"난 사랑에 빠진 적이 없어요." 그가 말했다. "나한테는 조지핀밖에 없어요."

"내 마음이 아프려고 하네요."

그가 고개를 돌려 그녀를 보았다. "당신 마음은 이미 아프잖아요."

그 말을 한 순간 그에 대한 마거릿의 평가가 높아졌다. 그녀가 바다를 돌아보았다. 바다는 성내지 않았다. 파도는 매번 절벽 앞에서 제동을 걸고 여정이 끝나기 직전에 속도를 늦추는 것 같았지만 앞선 파도로부터 아무것도 배우지 못한 듯이 다음 파도가 계속 밀려왔다.

"당신에게 이런 이야기를 하다니 이상한 여자라고 생각하겠죠."

"아마도요. 하지만 난 아마 여자를 절대 이해 못할 거예요. 하나만 말해줘요. 도대체 어떤 여자가 밖에서 소변을 보죠?"

마거릿이 웃음을 터뜨렸다. 그녀는 대서양 위로 머리와 어깨를 내밀고 웃음을 떨어뜨렸다. 그녀는 바다도 높은 절벽도 무섭지 않았다. 그녀의 웃음이 떨어지는 동안 스택은 자신이 그녀를 상당히 무서워한다는 사실을 깨달았다.

"가요." 그가 말했다. "날이 어두워져요."

두 사람은 집으로 향했다. 그들은 말을 너무 많이 해서 이제 무슨 말을 해야 할지 몰랐다. 공공 근로자 몇 명이 하루 일을 마무리하면서 뜨거운 타르를 마지막으로 바르고 있었다.

"축복을 빕니다." 마거릿이 말했다.

일꾼이 그녀를 올려다보더니 모자를 들었다 놓으며 인사했다.

멀리서 보니 더나고어 언덕의 두 집이 하나 같았고, 마거릿의 집에서 피어오른 연기가 불 켜진 창문 주변을 빙빙 돌았다. 스택은 이 시간이 끝나지 않기를 바라며 걸음을 늦추었지만 마거릿은 그에게 속도를 맞추지 않았다. 그녀는 계속 걸어갔다. 그녀의 맨다리가 언덕을 오르고 얼굴 주변에서 머리카락이 마구 휘날렸다. 더나고어에 도착하자 마거릿은 잘 자라는 인사도 없이 자기 집으로 들어가서 문을 닫았다.

여름이 오자 비가 그쳤다. 제비가 돌아와서 둥지를 찾았고, 인동덩굴이 도랑을 기어오르고 히스꽃이 피었다. 어느 화요일 아침에 낯선 사람이 마거릿의 집 문을 두드렸다. 검은 머리 남자가 난처한 표정을 짓고 있었다.

"치통을 낫게 해주신다고 들었는데요." 그가 말했다.

마거릿은 놀라지 않았다. "상태가 많이 안 좋은가요?"

"정신이 나갈 것 같아요." 그가 주저앉아서 양손으로 얼굴을 가리고 울기 시작했다.

마거릿이 밖으로 나가서 개구리를 한 마리 잡아 왔다.

"뒷다리를 입에 넣고 개구리가 다치지 않게 물고 있으면 통증이 가실 거예요." 그녀가 말했다. "개구리를 다치게 하면 통증이 두 배로 심해져요."

그가 개구리를 손으로 잡았다. "뒷다리를 내 입에 넣으라고요?"

"네."

"흐음." 그가 말했다. "뭐든 해봐야죠."

"내 얘기는 어디서 들었어요?"

"이동 주택에 사는 놀란이라는 여자가 말했어요. 당신이 일곱째 아이라고, 치료법을 안다고요."*

---

* 아일랜드의 민간 전승에 따르면 일곱째 아이는 치유력이나 예지력 같은 신비한 힘을 가진다.

그는 개구리를 들고 나갔고, 나흘 뒤 그녀는 더나고어에 온 이후 처음으로 편지를 받았다.

플러스크 양에게

나도 잘 모르겠습니다. 당신을 만나고 온 날부터 통증이 사라졌고 개구리는 빗물 받아두는 통 근처에 자리를 잡았어요. 정말 감사합니다.

경매인 존 매카시

그날 저녁, 자작나무 한 트럭이 그녀의 집 앞으로 배달되었다.

"이게 다 뭐죠?" 마거릿이 말했다.

"몰라요." 트럭에 탄 남자가 말했다. "치통으로 고생하던 남자가 보냈어요. 내가 아는 건 그게 답니다."

곧 교구 사람들이 전부 찾아오기 시작했다. 종기가 난 남자, 이제 더 이상 아이를 갖고 싶지 않은 여자, 아이를 간절히 원하는 여자, 크리스마스에 태어나서 유령을 보고 아무것도 먹지 못하는 아이도 있었다. 대상포진, 통풍, 목구멍에 돌이 걸린 사람, 무릎이 아픈 사람도 있고, 외양간에 귀신이 있다며 찾아오는 사람도 있었다. 마거릿은 낯선 사람들에게 양손을 얹고 그들의 두려움을 느꼈고, 그들의 두려움 때문에 겁에 질렸다. 그들은 굳게 믿으며 그녀의 집을 떠났고, 병과 유령이 사라졌다. 마거릿이 아침에 일어나 보면 뒷문 밖에 햇감자와 루바브와 잼과 사과 자루와 장작이 있었다. 그녀의 꿈은 검게 탄 지옥문처럼 새까매졌다. 그녀는 하느님께 자기가 잘못했다고 말하기 시작했다. 이제 마거릿은 늦게 잠들었고, 잠에서 깨보면 근처에 사는 여자들이 와서 베이컨을 굽고 달걀을 삶으며 이야기를 나누고 있었다. 모르는 남자들이 와서 지붕에 낀 이끼를 긁어내고 울타리 문의 경첩을 갈고 창문에 퍼티를 새로 발라주었다.

마거릿은 죽을까 봐 두려워져서 해가 지고 나서 집 주변 곳곳에 소변을 봤다. 아직도 그러고 나면 만족스러웠다. 어느 날 밤, 돈 많은 남자가 찾아와서 오랜 친구를 암퇘지로 만들어 줄 수 있냐고 묻자 마거릿은 더 이상 견딜 수가 없었다. 그녀는 스택을 찾아가서 이야기했다. 두 사람이 웃음을 멈추었을 때 스택은 그녀가 가죽 채찍으로 조지핀을 때리고 이상한 섬 남자들이 그녀를 데리고 갔던 꿈을 떠올렸다. 꿈속의 남자들은 그를 수로 압도했다. 그 부분이 가장 힘들었다. 갑자기 그는 마거릿이 떠나리란 사실을 알았고, 그녀가 사라진다는 생각을 견딜 수 없었다. 그녀는 스택의 부엌에서 신발을 벗고 발을 비비고 있었다. 그녀의 발은 신발 상자보다 컸고, 그래서 스택은 어떤 노래가 생각났다.

"발이 예쁘네요." 그가 말했다. "축복을 빌게요."

그녀는 대답하지 않았다. 그저 침묵을 지키며 앉아서 그를 보았다. 그는 이탄지에서 일하기 때문에 힘이 세 보였다. 시계가, 그의 집 벽에서 너무 많은 시계가 째깍거렸다. 마거릿은 자신이 몇 주나 시계 태엽을 감지 않았음을 깨달았다. 그렇게 하면 시간을 멈출 수 있다는 듯이 말이다. 그녀는 시간이 멈추기를 바라지 않았지만 낯선 사람들이 늘 찾아왔다. 그들은 증오와 괴로움을 양손 가득 들고 왔고, 절반은 이름도 모르는 사람이었지만 증오와 괴로움은 옳았다. 그녀는 놀란이라는 여자에 대해서, 그리고 그녀가 아이에 대해서 한 말을 생각했다.

"내 난자는 정상이에요."

"당신 난자요?"

"한 시간만 침대로 와요."

두 사람이 침실로 들어가 보니 조지핀이 이불 밑에 있었다. 마거릿은 웃었고 스택이 조지핀을 끌어 내리려고 애썼다. 그가 단추를 풀자 그녀는 그의 성기를 보고 꿈속에서 본 도마뱀을 떠올렸다. 처음에 스택은 뭘 어떻게 해야 할지 갈피를 잡지 못했지만 자연이 그를 이끌었다. 조지핀이 두 사람 사이에 끼어들려고 안달했다. 마거릿이 잠에서 깨자 스택은 보이지 않고 염소가 그녀를 빤히 보고 있었다. 염소 냄새가 지독하고 침대는 털투성이였다.

마거릿은 자기 집으로 돌아가 홍연어 깡통 두 개를 따서 껍질과 뼈까지 모조리 먹어치우고 버터밀크 1파인트로 입가심을 했다. 그녀가 거울을 보았다. 그녀의 눈 흰자는 하늘에서 내리는 눈송이 같았고 피부는 짭짤한 바람 속에 사는 여자의 피부 같았다.

다음 날 아침에 그녀가 스택의 집으로 찾아갔다. 그는 잠을 자지 않고, 조지핀과 이탄지를 걸어다니며 밤의 절반을 보낸 참이었다.

"커다란 망치 있어요?" 그녀가 말했다.

"없어요." 그가 말했다.

"없다고요?"

"하지만 무슨 생각인지 알겠네요."

"알아요?"

"나도 같은 생각을 했어요."

"싫어요?"

"아니요." 그가 말했다. "마땅히 그래야 하는 거 아니겠어요?

하지만 내가 해야죠."

 "아니에요." 그녀가 말했다.

 마거릿은 차를 타고 에니스티몬으로 가서 큰 망치를 샀다. 집으로 돌아올 때 그녀는 사제가 뭐라고 생각할까 궁금했다. 사제는 또 다른 사생아를 밴 채 자기 집 안을 돌아다니는 그녀를, 죽음을 면할 수 없는 그녀의 몸을 바라볼 것이다. 그는 그녀에게 손댄 날을 아직도 후회하고 있겠지만 그가 손을 뻗은 것은 나약함만이 아니라 그의 운명 때문이었다. 그는 그녀보다 열 살 많았고, 주님께 한 맹세를 어긴 사람은 마거릿이 아니라 그였다. 그리고 그녀는 이미 아이의 죽음으로 대가를 치르지 않았는가? 게다가 아이의 죽음은 그녀의 잘못이 아니었다. 집시 여인도 그녀의 잘못이 아니라고 말하지 않았던가?

 마거릿이 에니스티몬에 도착했을 때 다리 위의 미친 남자가 그녀에게 멈추라고 손짓했다.

 "도로에 타조가 있어!" 그가 외쳤다. "속도를 줄여!"

 그녀는 미친 사람들이 세상에 있어서 기뻤다. 마거릿은 그를 바라보면서 자신도 약간 미친 것이 아닐까 생각했다. 그녀가 모퉁이를 돌자 타조들이 번화가를 돌아다니고 있었다. 사람들이 보도에 서서 지나가는 타조들을 바라보았고 머리를 땋은 어린 소녀가 막대로 타조를 몰았다. 그래, 미친 거나 정신을 바짝 차리고 있는 거나 마찬가지야. 마거릿이 생각했다. 때로는 모두가 옳았다. 미친 사람이든 제정신인 사람이든 대체로 어둠 속에서 비틀거리며 자신이 원한다는 사실도 모르는 무언가를 향해 손을 뻗었다.

그녀는 아이를 가졌다. 마거릿은 크리스마스 새벽에 문 앞으로 찾아온 것이 바람이 아니라 스택임을 알았듯이, 바람소리가 아니라 그가 소리친 것이었음을 알았듯이 이 사실을 알았다.

마거릿은 집으로 돌아와 사제의 침대를 들판으로 끌고 가서 등유를 흠뻑 뿌렸다. 처음에는 서서히 탔지만 불이 확 붙더니 잿더미가 되었다. 그녀는 안으로 들어가서 두 집 사이의 벽에 구멍을 내기 시작했다. 집에 있던 스택은 두 집을 나누는 벽 앞에 서서 두려움을 느꼈다. 이 벽이 무너지면 두 번 다시 예전과 같지 않을 것이다. 그는 마거릿 플러스크의 슬픔을 느낄 수 있었다. 그녀의 슬픔은 어디에 비할 수 없었다. 그리고 그녀의 힘 역시. 마거릿은 남자 두 명과 맞먹는 힘을 가졌다. 그녀의 다리와 팔이 그가 꿈속에서 본 것과 똑같지 않은가? 스택은 거기 서서 석고가 떨어지는 소리를, 그런 다음 돌이 떨어지는 소리를 들었다.

그녀는 반나절 동안 벽을 때렸다. 반대편에서 들어오는 빛이 보이자 마거릿은 어렸을 때 어머니가 부활절날 태양이 춤추는 것을 보라고, 그리스도의 부활을 목격하라고 그녀를 깨웠던 기억이 떠올랐다. 그녀가 벽에 난 구멍을 통해 건너가자 스택이 노래하고 있었다.

"클레어 사람들이 노래를 잘한다고들 하더군요." 그녀가 말했다.

"위클로 사람들은 염소 젖을 빨아 먹는다고들 하더군요."

"그래서 우리가 이렇게 보기 좋은 거예요."

"당신은 이상한 여자예요."

"이 아이는 죽지 않을까요?"

"모르겠어요."

"당신은 아무것도 몰라요?" 그녀가 말했다.

"네."

"나도 그래요."

"정말 다행 아닌가요?"

* * *

조지핀은 변화가 마음에 들지 않았다. 이제 스택이 조지핀을 사랑하지 않는 것 같았다. 그는 젖을 짜기 전에 손을 따뜻하게 하지도 않았고, 젖꼭지에 팜올리브를 발라주는 것도 잊었다. 여자가 조지핀의 젖을 훔쳤고, 조지핀을 침대 기둥에 묶었으며, 스택에게 조지핀을 헛간으로 보내야 한다고 말했다. 조지핀이 새끼를 낳자 마거릿은 최대한 빨리 젖을 뗀 다음 조지핀을 밧줄로 묶어서 언덕 너머에 사는 못생긴 푸칸에게 끌고 갔다.

스택은 그 어느 때보다도 잘 먹었다. 마거릿은 버터를 만들고, 빵을 굽고, 조지핀의 젖으로 치즈를 만들었고 남는 시간은 초콜릿을 먹으며 보냈다. 스택이 그녀에게 초콜릿을 아무리 줘도 끝이 없었다. 조지핀에게 비스킷을 줄 때와 마찬가지였다. 그가 가게에 가서 마르스 초코바와 몰티저스 초코볼을 사서 돌아와 보면 마거릿이 그의 어머니의 물건 중 하나를 또 마당으로 끌고 나가서 불을 붙이고 있었다. 그녀는 늘 불을 붙이고, 커다란 배를 여기저기 부딪치며 돌아다니고, 그런 다음 밖으로 달려나가 먹은 것을 토했다. 그리고 항상 어두워진 뒤에 밖으로 나가서 소변을 봤다.

밤낮으로 교구 사람들이 몰려왔다. 모든 남자와 여자, 아이가 유령과 백선을 없애고 싶어 했다. 주전자에 항상 물이 끓고 찻주전자가 나오고 불쌍한 조지핀은 헛간에 묶인 채 갇혀 있었다. 신부님까지 찾아와서 다리가 아픈데 마거릿이 어떻게 해줄 수 없냐고 물었다.

마거릿은 스택이 무슨 생각을 하는지 알았고, 그가 생각에 잠긴 사이 장작을 패고 카드 게임에서 그를 이겼다. 그녀는 텔레비전을 치웠고, 크리스마스에 그가 호랑가시나무를 집에 들이지 못하게 했으며, 식사하는 그를 지켜보았다. 밤이면 그와 멀찍이 거리를 두었다. 적어도 저녁 식사를 토하지는 않았던 소농의 딸만큼이나 나빴다.

발 씻은 물을 내다 버리지 않으면 나쁜 일이 생긴다고들 한다. 남자는 혼자 살면 안 된다고들 한다. 돌소리쟁이를 먹는 염소를 보면 비가 온다고들 한다. 마거릿은 사제의 집에서 아이를 낳았다. 그날, 여자 열세 명과 아이 아홉 명이 그 집에서 가위를 들고 뛰어다니고, 물을 끓이고, 스택에게 비키라고 말했다. 그는 자기 집 한쪽에서 조지핀과 같이 앉아 있었다. 마거릿의 비명이 온 교구를 뒤흔들었다. 스택은 몇 시간 동안이나 찰싹 때리는 소리와 아이의 울음소리를 들었다고 착각하다가 마침내 그 소리를 들었고, 그런 다음 노파가 이렇게 말하는 소리를 들었다. "⋯⋯딱 봐도 첫애는 아니구먼."

이제 스택은 한 여자를 알았고, 그러자 여자를 절대 이해하지 못하리라는 깨달음이 더욱 확실해졌다. 여자는 비 냄새를 맡고, 의사의 글씨를 읽고, 풀이 자라는 소리를 들었다.

마거릿은 아들에게 마이클이라는 세례명을 지어주고 조지 핀의 젖으로 세례를 주었다. 이니스모르의 어부가 양막을 사러 오자 한 푼도 받지 않으려 했다. 마거릿은 그를 안으로 초대해 왕족처럼 대접하고, 셰리 트라이플과 커스터드를 만들어주었다. 그들은 밤이 늦도록 이야기를 나누었고 스택은 지쳐서 먼저 잠자리에 들었다. 그가 일어나 보니 마거릿은 아직도 의자에 앉아 있었고 마이클은 어부의 품에서 깊이 잠들어 있었다.

이제 두 집이 반질반질 문질러 닦은 나무처럼 깨끗해졌다. 더나고어 언덕으로 연기를 뿜어내던 두 개의 굴뚝은 이제 하나가 되었다. 박공벽 앞에 장작과 이탄이 쌓여 있었다. 그녀가 벽을 허물어 뚫은 구멍에 나무로 틀을 짜 넣고 경첩으로 문을 달아서 때로는 열어두고 때로는 닫아두었다. 스택은 더 젊어 보였다. 누군가 에니스에서 면도하는 그를 보았는데, 이발소 의자에 앉아서 어깨에 수건을 두르고 야한 농담을 하고 있었다.

마거릿은 미신을 버리려고 최선을 다했다. 스스로 믿지 않는 한 그 무엇도 그녀를 해칠 수 없다고 생각하려 애썼다. 하지만 행동을 아무리 바꾸어도 본성은 어떻게 할 수 없었다. 그녀는 더나고어에 사는 내내 절대로 불을 직접 피우지 않았고,

2월에는 반드시 골풀을 뜯었으며,* 아무리 애를 써도 월요일에는 절대 재를 버리지 못했고, 유아차에 부젓가락을 올려놓지 않으면 빨랫줄까지도 가지 못했다.†

그녀는 어두운 밤에 가끔 사제가 떠올라도 깊이 생각하지는 않았다. 주님의 행하심은 정말로 신비로웠다. 그녀가 사제의 아이를 잃지 않았다면 그의 집을 물려받지 못했을 것이다. 그의 집을 물려받지 않았다면 그날 밤 발을 씻지 않았을 것이고, 또 발 씻은 물을 잊지 않고 버렸을지도 몰랐다. 그랬다면 주문을 걸듯이 발 씻은 물을 스택에게 뿌리지도 않고, 그의 크리스마스 뱀을 먹지도 않고, 그의 아이를 낳지도 않았을 것이다. 그렇게 해서 그녀는 그 침대에, 염소 옆에 누웠다. 사람들이 염소에 대해서 뭐라고 하는지 당신도 알 것이다. 염소는 바람을 볼 수 있다고들 한다. 마거릿 역시 바람을 볼 수 있었다. 그녀는 꿈속에서 바람이 퀴큰 나무를 흔드는 것을, 베리가 피처럼 빨간 구슬이 되어 그녀가 누워 있는 풀밭에 온통 떨어지는 것을 보았다.

---

* 아일랜드에서는 성녀 브리지다의 축일인 2월 1일에 골풀을 뜯어서 브리지다의 십자가를 만든다.

† 아일랜드에서는 유아차에 부젓가락을 올려놓으면 요정이 다른 아이와 바뀌치기를 하지 못한다는 믿음이 있다.

아이는 스택과 전혀 비슷하지 않았다. 스택은 아들에게서 자신의 흔적을 보려고 몇 년이나 기다렸지만 하나도 찾지 못했다. 신기하지만 놀랍지는 않았다. 마치 마거릿이 아이를 뺄어내거나 혼자서 낳은 것 같았다. 어머니로서 그녀는 극성맞았다. 스택은 그녀가 아이의 머리를 쓰다듬는 이웃들에게 이를 드러내는 것을 보았다. 그리고 뭐든 아이가 원하는 대로 하게 해주었다. 아들이 아직 아기였을 때는 버릇을 망칠 정도로 항상 안고 흔들어주었다. 스택은 한숨도 못 잤다. 마거릿은 잠이 필요 없는 것 같았다. 그녀는 새벽에도 5분에 한 번씩 일어나 아이가 숨을 쉬는지 확인했고, 그런 다음 꿈에 빠져들어서 스택을 발로 찼기 때문에 그가 일어나서 예전에 쓰던 침대로 돌아갈 때가 많았다.

마이클은 기어다니지도 않았다. 아이는 어느 날 의자에서 벌떡 일어나서 울타리 대문까지 걸어갔다가 돌아왔다. 또 어느 날은 스택이 조지핀의 젖을 짜러 가보니 아이가 다 빨아 먹어서 한 방울도 남아 있지 않았다. 아이는 튼튼하게 자라서 스택과 함께 이탄지를 돌아다니면서 막대로 도랑을 뛰어넘고 웅덩이에 들어갔고, 평생 단 하루도 아프지 않았다. 마이클은 생선 튀김과 순무와 달달한 것들만 먹고, 조지핀을 타고 앞마당 잔디밭을 돌아다니고, 오리를 사다가 자기 유아차에 태우고서 더나고어의 좁은 길에서 밀고 다니고, 말뚝만큼 크게 자랐다. 아이는 자기 이름을 뒤집어서도 쓰고, 앞뒤 순서를 바꿔서도 쓸 줄 알았다. 또 이야기를 지어내고, 지루하면 거짓말도 하고, 자면서 집 안을 걸어 다녔다. 마거릿은 아이를 학교에 보내지 않았고 이 동네 사람들이 그녀보다 더 잘 가르칠 수 있는 것은 하나도 없다고 말했다.

마이클이 일곱 살을 넘기자 마거릿은 사람들의 병과 유령을 쫓는 것을 그만두었다. 그녀는 이제 할 만큼 했고, 만약 아이를 학교에 보내면 그것 때문에 힘들어질 것이었다. 그러나 클레어 사람들은 한참 동안 희망을 버리지 않았고, 이제 마거릿 플러스크에게 잼과 장작과 청어를 가져다주는 대신 그녀를 괴롭히기 시작했다. 어느 날 아침에는 우편함에 공작 깃털*이 가득했다. 또 어떤 날 아침에는 그녀의 자동차 바퀴가 전부 터져 있었다. 마거릿은 무엇이든 참을 수 있었지만 아이가 걱정이었다.

스택은 마거릿이 떠나리라는 사실을 그 일이 닥치기도 전에 이미 알았다. 어느 날 밤에 그녀가 난롯불이 꺼지도록 내버려 두었다. 다음 날 아침, 스택은 어느새 해안가로 걸어가고 있었다. 그는 그 일이 벌어질 때 그 자리에 있고 싶었다. 스택이 물

---

*   아일랜드에는 공작 깃털이 불운을 가져온다는 믿음이 있다.

가에 서서 서쪽을 보았다. 날은 차분했다. 곧 섬에 사는 남자들을 가득 태운 어선이 둘린으로 들어오더니 작은 배를 한 척 내렸다. 낯선 사람들이 천천히 노를 저어 해안을 향했다. 노가 짭짤한 물을 깔끔하게 갈랐다. 땅에 도착하자 그들은 모자를 살짝 들었다 놓았지만 말은 하지 않았다. 한 남자의 얼굴이 왠지 낯익었다. 스택이 돌아서자 마거릿이 그의 얼굴을 똑바로 쳐다보더니 물속으로 걸어 들어가 한마디 말도 없이 배에 기어 올랐다. 아이가 울었지만 스택은 알았다. 오래 울지는 않을 것이다. 그는 아들을 끌어안았다가 놓아주었다.

아침 날씨가 좋았고 바다는 유리처럼 잔잔했다. 스택이 배에 오르지 못하도록 가로막을 것은 하나도 없었다, 단 하나도. 남자들이 잠시 기다려주었다. 스택이 행복한 미래를 위해서 할 일은 그 배에 올라 다른 남자들의 힘으로 만든 파도에 실려 가는 것밖에 없었다. 하지만 스택은 그러는 대신 해안가에 서서 그가 유일하게 사랑했던 여자가 시야에서 사라지는 것을 지켜보았다. 오래 걸리지는 않았다. 해안 근처에서 갈매기 한 쌍이 저 아래 자기들 눈에만 보이는 무언가가 있다는 듯이 날카로운 소리를 냈다. 스택은 눈이 따끔거릴 때까지 갈매기를 바라보다가 언덕을 다시 올랐다.

집으로 돌아온 그가 밧줄에 묶인 조지핀을 풀어주자 염소는 곧 탁자에 앞발을 올리고 남은 루바브 타르트를 전부 먹어치웠다. 패스트리 가장자리에 마거릿의 엄지 자국이 남아 있었다. 스택은 조지핀의 존재가 고마웠다. 적어도 조지핀의 욕구는 자신이 채워줄 수 있었다. 그는 자리에 앉아서 아무것도 없이 깨끗한 방들을 한참 동안 바라보았다. 태양이 찻주전자 뚜껑을, 리놀륨을, 반질반질 닦은 나무를 비추었다. 그래, 마거릿은 가버렸다. 그녀가 떠나리란 사실을 그는 항상 알고 있지 않았던가? 꿈이 말해주지 않았던가? 하지만 그는 마거릿이 자기 아들의 손을 잡고 모르는 사람들과 같이 노를 저어 갈 때에도 그녀를 뭐라 할 수 없었다. 어차피 그들을 갈라놓는 것은 그가 쉽게 건널 수 있는 짭짤하고 깊은 물밖에 없었다.

조지핀이 접시를 깨끗이 핥고 스택을 빤히 보았다. 그는 조지핀을 따라 그들의 옛 침실로 들어가서 문을 닫고 눈을 감았다. 내일 그는 둘린에서 시멘트를 한 포대 사 와서 그 벽을 벽돌로 막을 것이다. 위스키 한 병과 무화과롤도 몇 개 사고 텔레비전 수리를 맡길 것이다. 그는 게으름을 피우지 않을 것이다. 겨울이 오고 있었다. 이탄을 캐다 보면 바빠지고 몸도 좋아지리라. 그에게 과거를 떠올리게 할, 지워야만 할 기나긴 겨울 밤과 폭풍이 올 것이다. 스택은 이제 젊지 않지만 가까운 미래는 확실했다. 하지만 백 년을 더 산다 해도 그는 두 번 다시 한

밤중에 여자의 집에 다가가지도, 여자가 발 씻은 물을 들고 가까이 다가오게 놔두지도 않을 것이다.

감사의 말

아일랜드 예술 위원회, 작가 협회, 런던의 해럴드 하이엄 윈 게이트 재단에 가장 큰 감사를 전한다.

또한 아너매커릭의 타이론 거스리 센터와 뉴욕의 블루 마운틴 센터에도 감사드린다. 리트림주의 이름들에 대해서는 브라이언 레이든에게 감사를 전하며 예리하게 평가해 준 비브 맥데이드와 제임스 라이언, 담당 편집자 앵거스 카길, 제목을 제안해 준 제럴드 도, 이언 잭, 파트마 아메드에게도 고마움을 전한다.

또한 더블린 시티 유니버시티, 유니버시티 칼리지, 더블린

코크 앤드 유니버시티 칼리지, 더블린에 머무는 동안 보살펴주고 함께 일해준 학생과 직원 들에게 감사의 마음을 전하고자 한다. 특히 데이비드 마커스, 콜럼 토빈과 데클런 키버드의 너그러운 응원과 지원에 감사를 표한다.

「물가 가까이」의 초기 버전은 무라카미 하루키가 엮은 하빌 프레스 출판사의 『생일 이야기Birthday Stories』에 실렸다.

「퀴큰 나무 숲의 밤」은 캐럴라인 월시가 편집한 스크리브너/타운하우스의 『날아가는 화살Arrows in Flight』에 실렸다.

「검은 말」은 2005년 프랜시스 맥매너스 어워드를 수상했다. 그 후 RTE 라디오1에서 방송되었고 데클런 미드가 편집한 스팅잉 플라이 프레스의 『이것이 우리의 삶이다These Are Our Lives』에 실렸다.

「삼림 관리인의 딸」은 데이비드 마커스가 편집한 『파버 아일랜드 단편선 2004~2005The Faber Book of Best New Irish Stories 2004~2005』에 실렸다.

「작별 선물」은 『그랜타 94: 가족Granta 94: Loved Ones』에 실렸다.

옮긴이의 말

『푸른 들판을 걷다』는 2007년에 출판된 클레어 키건의 두 번째 단편집으로, 2008년에 영국 제도에서 출판된 가장 우수한 단편집에 수여하는 에지힐상Edge Hill Prize을 수상했으며 30개 언어로 번역되었다. 앞서 우리나라에 소개된 클레어 키건의 작품들이 고요하고 먹먹하면서도 따뜻한 분위기였다면 다양한 단편을 모아 엮은 『푸른 들판을 걷다』는 날카로운 시선으로 아일랜드의 현실을 예리하게 그려내기도 하고 설화와 같은 이야기로 신비한 아일랜드를 보여주기도 한다.

아일랜드의 시골 생활을 잘 그려낸다는 평에 걸맞게 이 책에 실린 단편 일곱 편 중 여섯 편은 아일랜드를 무대로 한다. 그중에서도 단연 눈에 띄는 것은 가부장적인 아일랜드 사회의 이기적이고 때로는 폭력적인 아버지와 남자들에 대한 이야기이다. 작가는 『맡겨진 소녀』에 대해서 무능력하고 늘 술에 취해 폭력을 행사하는 모습으로 그려지는 전형적인 아일랜드의 아버지와는 다른 아버지 상을 그리고 싶었다고 말한 바 있다. 그와 반대로 이 단편집에서 클레어 키건은 현실적인 아일랜드의 아버지 상을 통렬하게 보여준다.

「작별 선물」의 아버지는 아내의 묵인하에 어린 딸을 성적으로 학대하고 아들의 노동력을 착취한다. 게다가 딸이 뉴욕으로 떠나는 날에는 밖으로 나와 보지도 않고, 침대에 누워 작별 인사를 받는 자리에서도 돈을 줄 듯 말 듯 굴며 끝까지 딸을 희롱한다. 「굴복」은 작가가 밝힌 바와 같이 아일랜드 소설가 존 맥가헌의 아버지가 결혼식 전날 밤에 오렌지 스물네 개를 누구에게도 주고 싶지 않아서 혼자 골웨이의 벤치에 앉아 전부 먹어치웠다는 이야기에서 영감을 받은 작품이다. 「굴복」의 주인공인 중사는 약혼녀를 두고도 불성실한 생활을 하다가 결국 계산적인 의도로 결혼을 결심하고 값비싼 오렌지 열두 개를 사서 혼자 먹어치울 뿐 아니라 크리스마스 날 어린 소년의 유일한 몫인 흰 빵까지 웃돈을 주고 사버린다. 그의 모든 행동의 동기는 타인을 통제하고 괴롭히면서 느끼는 가학적인 쾌감과 오직 자기밖에 모르는 이기심이다. 「삼림 관리인의 딸」에 등장하는 디건은 아이들을 학대하지는 않지만 아내와 아이들에게 사랑을 주는 방법을 모르고 오로지 자기 땅에만 집착한다. 「검은 말」의 주인공 브래디는 이기적으로 굴다가 사랑하는 여자를 떠나보내고 하루하루 후회 속에 살아간다. 디건과 브래디는 악하다기보다 서툴다고 볼 수도 있으므로 안타까운 마음도 들지만, 가족과 연인에게 상처를 준다는 점에서는 크게 다르지 않다.

그러나 여자들은 이러한 현실에 굴복하지만은 않는다. 「작별 선물」의 딸은 아버지의 말을 몰래 팔아서 가족의 그늘이 미치지 않는 새로운 땅으로 떠나고, 비밀을 품고 살던 삼림 관리인의 아내 마사는 남편이 딸의 마음을 아프게 하자 모든 마을 사람들 앞에서 숨겨왔던 비밀을 폭로한다. 「퀴큰 나무 숲의 밤」에 등장하는 마거릿은 결혼을 약속했던 사촌이 사제가 되면서 버림받고 아이까지 낳았다가 잃은 뒤에 사제가 세상을 떠나면서 남긴 낯선 고장의 집에서 은둔 생활을 하지만 결국 과거를 극복하고 포기했던 아이까지 다시 얻어 당당하게 떠난다.

또한 이 책에 실린 키건의 작품들은 현실을 예리하게 들여다보기도 하지만 설화적인 요소들로 신비로운 분위기를 풍기기도 한다. 「삼림 관리인의 딸」은 현대를 배경으로 현실적인 이야기를 풀어나가지만 동물을 사랑하고 잘 다루며 장미꽃을 먹는 똑똑하고 특이한 딸 빅토리아, 이야기로 마을 사람들을 매료시키는 마사, 결국 큰 재앙을 불러오는 사소한 거짓말, 자신이 피운 불 때문에 활활 타오르는 집을 보며 묘한 만족감을 느끼는 모자란 아들은 작품에 신비로운 분위기를 더한다. 시작부터 발 씻은 물은 반드시 버려야 한다는 아일랜드 설화를 인용하는 「퀴큰 나무 숲의 밤」은 설화적인 분위기가 가장 강한 작품으로, 주인공 마거릿은 미신을 믿으며 병이나 유령에 시달리는 마을 사람들을 신비로운 힘으로 치유해 준다. 파란 밤, 파란 들판, 나무의 파란 그림자, 비에 젖은 파란 전나무 등 이 책을 관통하는 파란색의 이미지는 이처럼 신비롭고 이국적인 분위기를 더욱 효과적으로 전달한다.

이야기와 문체의 여백으로 독자들의 마음에 여운을 남기는 작가의 특징은 여전하다. 「물가 가까이」의 주인공이 하려다가 못 한 말이 무엇인지 우리는 행간을 통해 짐작만 할 뿐이고, 「푸른 들판을 걷다」에서도 키건은 오르간 연주자가 바흐의 토카타를 한 번 더 연주했고 신자석에 의심이 퍼져 나갔다는 말로 신부가 결혼식에 늦게 왔음을 간접적으로 드러낸다. 그뿐만 아니라 의도적으로 정보를 생략하거나 늦게 제공하고 「굴복」

에서처럼 이야기 서술의 중간에 등장인물의 생각을 불쑥 집어넣음으로써 글의 긴장감을 유지하고 독자의 궁금증을 유발한다. 또 「작별 선물」에서는 쉽게 찾아볼 수 없는 이인칭 서술을 이용하고 「삼림 관리인의 딸」에서는 개의 시점과 생각을 서술하는 등 다양한 기법으로 작품을 더욱 다채롭게 만든다.

이 책을 끝냈을 때 무엇보다도 마음에 남는 것은 아마 황량하고 신비로운 아일랜드의 이미지일 것이다. 바람이 거세고 어둠은 파랗고 늘 축축한 나라, 땅에 매여 스스로와 사랑하는 이들을 아프게 하는 사람들, 뒤에서 수군거리는 이웃, 우유부단하고 연약한 사제. 우리는 시대를 뛰어넘는다고 평가받는 키건의 작품들을 통해 분명 현대적인 배경인데도 예스럽고 신비로운 분위기를 풍기는 작가의 아일랜드에서 파란 안개 속을 헤매는 기분을 느낄 수 있다.

허진

옮긴이 허진

서강대학교 영어영문학과와 이화여자대학교 통번역대학원 번역학과를 졸업했다. 옮긴 책으로 클레어 키건의 『맡겨진 소녀』, 앤 그리핀의 『모리스 씨의 눈부신 일생』, 루이자 메이 올컷의 『작은 아씨들』, 조지 오웰의 『조지 오웰 산문선』, 엘리너 와크텔의 인터뷰집 『작가라는 사람』(전 2권), 지넷 윈터슨의 『시간의 틈』, 도나 타트의 『황금방울새』, 마틴 에이미스의 『런던 필즈』와 『누가 개를 들여놓았나』, 할레드 알하미시의 『택시』, 나기브 마푸즈의 『미라마르』, 아모스 오즈의 『지하실의 검은 표범』, 수전 브릴랜드의 『델프트 이야기』 등이 있다.

푸른 들판을 걷다

초판 1쇄 발행 2024년 8월 20일
초판 4쇄 발행 2024년 9월 27일

지은이 클레어 키건
옮긴이 허진
펴낸이 김선식

부사장 김은영
콘텐츠사업본부장 임보윤
책임편집 이한나 **책임마케터** 배한진
콘텐츠사업3팀장 이승환 **콘텐츠사업3팀** 김한솔, 권예진, 이한나
마케팅본부장 권장규 **마케팅2팀** 이고은, 배한진, 양지환 **채널팀** 권오권
미디어홍보본부장 정명찬 **브랜드관리팀** 오수미, 김은지, 이소영, 서가을
뉴미디어팀 김민정, 이지은, 홍수경, 변승주
지식교양팀 이수인, 염아라, 석찬미, 김혜원, 박장미, 박주현
편집관리팀 조세현, 김호주, 백설희 **저작권팀** 이슬, 윤제희
재무관리팀 하미선, 윤이경, 김재경, 임혜정, 이슬기, 김주영, 오지수
인사총무팀 강미숙, 지석배, 김혜진, 황종원
제작관리팀 이소현, 김소영, 김진경, 최완규, 이지우, 박예찬
물류관리팀 김형기, 김선민, 주정훈, 김선진, 한유현, 전태연, 양문현, 이민운
외부스태프 디자인 퍼머넌트 잉크

펴낸곳 다산북스 **출판등록** 2005년 12월 23일 제313-2005-00277호
주소 경기도 파주시 회동길 490
전화 02-704-1724 **팩스** 02-703-2219 **이메일** dasanbooks@dasanbooks.com
홈페이지 www.dasan.group **블로그** blog.naver.com/dasan_books
종이 스마일몬스터 **인쇄 및 제본** 상지사피앤비 **후가공** 제이오엘엔피

ISBN 979-11-306-5462-1 (03840)

- 책값은 뒤표지에 있습니다.
- 파본은 구입하신 서점에서 교환해드립니다.
- 이 책은 저작권법에 의하여 보호를 받는 저작물이므로 무단 전재와 복제를 금합니다.

다산북스(DASANBOOKS)는 책에 관한 독자 여러분의 아이디어와 원고를 기쁜 마음으로 기다리고 있습니다.
출간을 원하는 분은 다산북스 홈페이지 '원고 투고' 항목에 출간 기획서와 원고 샘플 등을 보내주세요.
머뭇거리지 말고 문을 두드리세요.